La lumière est à moi

et autres nouvelles

DU MÊME AUTEUR

Papa et maman sont morts, Point Virgule, 1991 ; Points Seuil, 2012.

Autobiographie d'une Courgette, prix Générations (mairie du XVIIe à Paris) ; Plon, 2002 ; J'ai lu, 2003 ; Flammarion, collection « Étonnantissimes », 2013.

Au pays des kangourous, prix Cœur de France 2012, prix Roman de la ville d'Aumale 2012, prix des Lecteurs de la bibliothèque Goncourt 2012, prix Folīre 2012, prix Plume d'Or 2013 (Plume libre – catégorie Romanesque) ; Don Quichotte, 2012 ; J'ai lu, 2014.

L'Été des lucioles, prix de la ville d'Aumale 2014, prix Rosine-Perrier 2015 ; Éditions Héloïse d'Ormesson, 2014 ; J'ai lu, 2016.

Le Vertige des falaises, Plon, 2017 ; J'ai lu, 2018.

Inventer les couleurs, dessins d'Aline Zalko, Gallimard Jeunesse, collection « Giboulées », 2019.

Certains cœurs lâchent pour trois fois rien, Flammarion, collection « Essais et documents », 2021.

Un baiser qui palpite là, comme une petite bête, Gallimard Jeunesse, collection « Giboulées », 2021.

GILLES PARIS

La lumière est à moi

et autres nouvelles

J'AI LU

Paru chez Gallimard
dans la collection « Haute Enfance »,
dirigée par Colline Faure-Poirée.

À Laurent
À Colline
À Didier

Les pins parasols

En langue germanique, mon prénom, Brune, signifie « bouclier » ou « armure ». J'ai toujours su me défendre. La vie, de toute façon, se charge de vous l'enseigner. Je suis mariée depuis dix ans. J'ai des jumeaux. Ils sont avec leur père, probablement endormis à l'arrière de la voiture qui les ramène à la maison. Je suis restée dans le Sud, où j'ai prétexté un rendez-vous important. Je n'ai pas vraiment menti. Je ne donne jamais de détails. L'automne vient de commencer, il fait encore doux, je suis sur la terrasse en peignoir. J'observe au loin les lumières scintiller sur le port. La mer est noire, griffée d'impressions cuivrées. Mes yeux s'égarent entre les étoiles et les pins parasols qui surgissent comme des sculptures de Frans Krajcberg. Je les regarde toujours avec nostalgie. Je connais bien cet hôtel, j'y ai passé mes vacances jusqu'à l'adolescence. Et surtout j'y ai rencontré deux garçons dont je suis tombée amoureuse. Anton et Ben. L'un d'eux vient me rejoindre ce soir.

Anton a toujours aimé les arbres. Il y grimpait enfant et s'y cachait pour se grandir. Il observait le monde d'en bas, les adultes pas plus hauts qu'un cierge d'église, leurs gestes ridicules vus d'un ciel, leurs corps chancelants, bras et jambes aussi désarticulés qu'un pantin. Moi, je marchais les yeux en l'air. Entre deux immeubles, sur la plage, mes mains disparaissant dans celles de mes parents, sur l'herbe verte du parc qui menait aux majestueux pins parasols où Anton se nichait. Je l'ai remarqué comme un nuage dans le bleu du ciel. Je lui ai demandé de descendre. Il était déjà grand pour son âge. Et plus âgé de cinq ans. Ses cheveux bruns en bataille ne semblaient jamais coiffés. Ses yeux verts tombaient dans les vôtres, ne vous lâchaient plus. J'ai toujours eu du mal à détourner mon regard du sien qui me hante encore. Ses lèvres aussi. C'est dans un pin parasol, à douze ans, que je les ai apprivoisées. Et jusqu'à seize ans, j'ai dû attendre chaque été avant de les mordre, comme on croque une pomme avec envie. Ses bras me retenaient comme si je tentais de m'en extraire. Je sentais les battements de son cœur, son odeur légèrement boisée, le goût du sel sur sa peau. J'étais insouciante, j'allais où mes émotions me portaient : d'Anton à Ben. Je savais tout d'Anton. Sa sensualité m'en disait tant sur la mienne juste naissante. Elle ne cessait de m'inciter à la vie. Par contre, j'ignorais tout de Ben. Son mystère m'attirait comme le vide du haut d'un phare. Anton a toujours su que Ben me plaisait. (Différemment, comme une part de moi non résolue.) Les yeux verts d'Anton viraient au brun, ses manières se brusquaient légèrement, mais il ne me reprochait pas d'être attirée par Ben. Je l'aimais aussi pour son empathie. Nous allions par deux, inséparables le temps d'un été. Je n'imaginais pas grandir. L'adolescence est un âge difficile. On ne sait jamais exactement à quel moment précis on devient adulte.

Anton passait du temps dans les arbres car il venait de perdre sa mère. Il s'éveillait à la nature, à l'odeur du pin, à la résine qui lui rappelait le parfum tenace maternel. Les aiguilles rassemblées par paires se trouvaient enserrées dans une seule et même gaine. C'est ainsi qu'il se rapprochait d'elle, appuyé contre l'écorce craquelée, d'un brun rougeâtre. C'était un être à la sensibilité extrême qui retenait tout, pareil à une digue sur le point de céder. Son isolement était sa force. Il y puisait ce calme apparent qui m'attirait autant que ces lumières mordorées de fin de journée. Son père, incapable de la moindre émotion, ne lui parlait qu'en élevant la voix. Anton n'était pas du genre à se taire. Leurs conversations faisaient se retourner les têtes. J'aimais qu'il s'oppose à ce père absent. Je l'admirais même pour cela. L'autorité n'a jamais été mon fort. J'ai toujours préféré disparaître.

Ben était le frère de ma meilleure amie, Amance, une blonde tout en fraîcheur, dont la belle humeur attirait chacun d'entre nous. Aux antipodes, Ben m'apparaissait taciturne et sombre. Il passait des heures, assis sur son transat, à creuser le sable sous ses pieds, comme s'il cherchait à y enterrer ses pensées. Il se baignait peu, toujours en tee-shirt, marchant sur les rochers, en équilibre, comme s'il nous défiait tous. Nous, rassemblés sur nos lits de plage, sous le regard lointain de nos parents, entre eux, buvant à la paille des cocktails roses, tandis que la crème solaire luisait sur leur peau rougie, blanche sur la tranche. Ils nous oubliaient et nous en profitions. Notre monde nous paraissait bien plus indolent. Nous n'étions en fait que de simples miniatures. Les garçons se moquaient de Ben sortant de l'eau, le tee-shirt comme une seconde peau sur son maigre torse. Amance montrait du doigt les vauriens sans rien dire. Ses taches de rousseur semblaient soudain se rassembler sur son visage. Les garçons suspendaient leurs gestes et leurs mots. Le silence était aussi pesant qu'une journée de canicule. Ben regardait l'horizon comme seule échappatoire et moi, je le fixais comme le frère que j'aurais voulu avoir. Anton nous rejoignait sur la plage, quittant parfois ses arbres. Je sais qu'il venait pour moi. Nos jambes se frôlaient, nos mains aussi. Avec Anton, l'été s'embrasait comme la paille sur le feu. Ben en profitait pour escalader ses rochers. Amance me jetait un regard furtif, comme à regret. Elle nous observait, Anton et moi. Elle savait avant moi. Je ne prévoyais rien. Je laissais mes émotions prendre le dessus, sans réfléchir à la préférence. Il m'arrivait de suivre le frère d'Amance sur ses rochers, de chercher avec lui un semblant d'équilibre sur la pierre escarpée. Nous étions comme les pantins désarticulés vus du pin d'Anton. Ben me tendait une main, je l'attrapais. Mes jambes étaient striées de griffures rouges et bleues qui me faisaient penser à lui, à nos escapades silencieuses. Nous étions si jeunes, et si adultes sans le prétendre.

Ben nous suivait, Amance et moi, partout où nous allions. Il se tenait toujours en arrière, traînant le pas, le regard rivé au sol. Je prenais Amance par la taille, comme maman et ses amies, à quelques pas de nous. En marchant, j'envisageais le ciel, j'aurais aimé voler et jouer avec les nuages. Amance riait de me voir égarée là-haut, comme Anton dans ses arbres. Elle m'a prédit, alors que je gardais sur mes lèvres l'empreinte de ce garçon, qu'Anton n'était pas pour moi. Comme si elle nous avait observés d'une branche plus haute. Comme si elle pressentait l'avenir.

À quinze ans, j'ai embrassé Ben pour la première fois. J'avais bu un de ces cocktails qui n'ont de rose que la couleur. Nous revenions d'un café en bord de mer. Loin devant nous, Anton et Amaury s'amusaient en se courant après. Leur jeu infantile m'agaçait. Je m'en étais éloignée. Je marchais pieds nus près de l'eau. J'entendais le ressac résonner en moi comme autant de pensées confuses. L'alcool brûlait mes sens. Ben m'a rejointe. Sa main s'est glissée doucement dans la mienne. La lune nous montrait un chemin lumineux, tremblant sur l'eau noire. C'est arrivé à cet instant. Son baiser avait la chaleur d'un été moite. Ses doigts sont restés longtemps sur mes joues. Je n'ai pas pensé à Anton.

L'été suivant, j'ai tremblé dans ses bras. Je le voulais, lui, Anton, en premier. Mon corps s'est enroulé autour du sien comme une corde. J'ai pleuré en l'aimant. Il m'a tenue si serrée contre lui que j'ai cru en mourir. J'aurais pu me fondre en lui. Disparaître. Je sentais sa force, palpable dans l'air ardent de cette nuit d'été, son corps sous le mien, ses mains enfoncées sur mes hanches, son regard intense, implorant, ses cheveux en colère, sa bouche attrapant la mienne pour ne plus s'en défaire, puis s'échappant sur mes seins, revenant à mes lèvres, offertes, entrouvertes. Nos corps nus, transpirants et rassasiés, dessinaient une croix sur le lit. La sueur perlait comme un ourlet sur mes lèvres, gouttelettes du désir fondant sous ma langue. Je n'ai pas eu besoin de le dire à Amance. Tout mon être respirait Anton comme un parfum enivrant.

J'ai cru perdre la raison, tellement ce garçon m'attirait. Je n'arrivais plus à m'extraire de lui. Son visage s'imprégnait en gros plan, refoulant toutes pensées hors de moi. Chaque pulsation de mon cœur me rappelait son intensité quand nous nous aimions. Je le retrouvais toutes les nuits. La journée je somnolais sur la plage. Amance m'observait avec défiance. J'évitais les yeux verts d'Anton quand ils se posaient sur moi le jour : je sentais le fer de son regard me marquer comme un animal à terre. Le désir fouillait mon ventre. Ma tête pleine d'Anton en exigeait davantage. En m'offrant à lui je n'avais rien gardé de moi. J'étais lui, tout entière.

J'aurais dû en parler à Amance, lui faire part de ce désir qui me rongeait à l'intérieur, de cette sensualité animale qui exsudait d'Anton telle une odeur pénétrante. Et des sentiments troubles que j'éprouvais néanmoins pour Ben. Mais nous étions trop liés, un fil invisible nous empêchait d'être confiants les uns envers les autres. Et Amance n'aurait pas aimé que je lui parle ainsi d'Anton. L'été, mon cœur s'affolait, je me balançais d'un regard à l'autre, j'allais puiser la force que m'inspirait Anton pour mieux m'abandonner à la fragilité de Ben. L'un me gardait à la cime des arbres, l'autre m'apprenait à fixer l'horizon du haut de ses rochers. J'aimais ces deux garçons comme deux entités bien distinctes. Et pourtant ils étaient parfois si semblables. Aussi isolés l'un que l'autre, ils partageaient cette sensibilité que je m'évertuais à ignorer chez Anton. On ne voit que ce qui vous attire. Mon désir d'Anton faisait de lui ma plus belle armure. Et les onze mois passés à attendre renforçaient mon abandon le plus total. Je ne parlais de mes sentiments à personne. Encore moins aux garçons. Je me sentais différente des autres. Plus vivante.

Nous évitions de nous retrouver ensemble tous les trois. J'appartenais autant à l'un qu'à l'autre, même si mes sens, comme les aiguilles d'une montre arrêtée à midi, se dirigeaient vers Anton. Je n'avais connu de Ben qu'un long baiser un soir de pleine lune. Mais son retrait du monde m'apparaissait si profond que j'aurais tout donné pour comprendre. Je connaissais celui d'Anton. J'enrageais du silence de Ben. J'ignorais à quel point les sentiments sont trompeurs. J'aurais suivi Anton s'il me l'avait demandé. Pour Ben, je serais devenue sa ligne d'horizon. En vérité, je ne m'intéressais à personne d'autre qu'à moi. Je ne le savais pas encore.

Et Ben a disparu.

Nous sommes tous partis à sa recherche. Je savais son esprit sombre et fragile. Je me sentais coupable. Amance ne m'en tenait pas rigueur. Elle marchait à mon pas. Aucun mot ne trouvait grâce à nos pensées, alors nous restions muettes de chagrin. Personne ne semblait avoir remarqué Ben et son air mélancolique, pareil à la fumée avant l'incendie. Pas un groupe sur la plage n'avait prêté attention au fuyard. Il semblait s'être échappé sur le chemin lumineux près duquel nous nous étions embrassés l'été d'avant. Les parents d'Amance ont appelé la police. Un enquêteur nous a tous interrogés en présence de nos familles. J'aurais voulu qu'on m'arrête, je méritais le pire. Je me suis interdit de revoir Anton. Je le repoussais quand il se montrait, j'étais l'eau sous la glace. À l'intérieur tout se brisait comme un verre lancé contre le mur. Je suis tombée malade. Une fièvre m'a traversée comme une flèche empoisonnée. Je rêvais de Ben, marchant sur le chemin lumineux, se retournant avant de me saluer d'un signe de la main, puis disparaissant comme aspiré par l'eau noire.

L'été d'après, tout a changé. De Ben, nous ne savions plus rien. Amance n'était plus la même. Sa belle humeur avait sombré, tout comme son frère. Elle regardait à son tour l'horizon, comme exigeant une réponse que nul ne lui donnerait. Ben semblait s'être dispersé comme une poignée de sable entre les doigts. De légères particules flottant dans l'air, l'illusion de l'avoir connu. Des affiches avaient été collées dans toute la région. Le père d'Amance était passé à la télévision, avec une photographie de Ben et un numéro de téléphone qu'on pouvait joindre jour et nuit. La gare, l'aéroport, les hôpitaux, tout avait été vérifié, aucun témoin ne confirma l'avoir aperçu. Amaury ne quittait pas la sœur de Ben. Il semblait inquiet, veillant sur elle comme si Amance pouvait, elle aussi, s'évanouir dans l'air amolli de l'été. Nos parents nous laissaient tranquilles. Le père d'Amance ne ressemblait en rien à l'homme de la télévision. Ses cheveux avaient blanchi, de vilains cernes creusaient son regard. L'été prenait des allures de fin d'automne.

Je nageais souvent au large. Je dépassais les voiliers qui avaient jeté l'ancre, les bouées jaunes qui se balançaient doucement sur la mer. Je pensais à Ben. J'étais comme ces bateaux. Je semblais amarrée à quelques centaines de mètres du bord, lestée par le poids de ma culpabilité. Je ne marchais plus en regardant le ciel. Rien en ce monde ne me paraissait merveilleux. Nous n'étions plus des enfants, encore moins des adultes. La disparition de Ben nous avait volé notre insouciance. Nous devenions aussi pâles qu'une lumière en plein jour, errant sur une plage de sable immense, sans que jamais la mer se montre. Plus rien n'avait de sens.

Nous ne sommes plus retournés dans cet hôtel de bord de mer. Nous avions tous envie d'une autre vie, à commencer par nos parents. Ils se sont fait d'autres amis en Espagne. Les cocktails roses sont partout les mêmes. J'appelais Amance une fois par an : j'espérais tant, en vain. J'ai connu Carl, Béranger, Filippo. Et beaucoup d'autres. J'étais jolie, nature, peu farouche. Je n'ai jamais retrouvé ce désir qui cognait mon ventre. Je n'ai pas revu Anton. Je m'étais convaincue d'avoir tué Ben en aimant à la folie ce garçon aux yeux verts. Je m'interdisais de tomber amoureuse. Dès qu'un sentiment m'effleurait, je quittais le débutant sur-le-champ. Sans un mot. Je n'ai jamais aimé me justifier. J'allais d'un homme à l'autre, nonchalante, m'écartant d'eux comme une vague qui se retire, emportant tous ces débris marins s'éparpillant dans le roulis de l'eau tiède. Je ne croyais plus en moi. Je devenais évanescente, insaisissable, transparente. Plus rien ne m'atteignait, les mots, les caresses, les regards.

Parfois je rêvais d'Anton. J'avais effacé autrefois tous ses textos, au fur et à mesure, sans y répondre. Dans le noir de mes nuits, Anton m'aimait encore, avec une infinie lenteur, comme si le temps n'avait plus d'importance. Je m'éveillais en sursaut, agitée de tremblements, tout en sueur, comme si tout cela avait été réel et qu'Anton venait tout juste de s'échapper par la fenêtre.

Quand Amance m'a appelée ce matin-là, j'ai su, en voyant son nom sur mon téléphone, que plus rien ne serait comme avant. Ben était rentré après dix ans d'absence. Mon cœur a cessé de battre. Je me suis retrouvée assise contre le mur de ma chambre, traversée par un courant d'air froid qui engourdissait tous mes membres. Ben de retour parmi nous : comme si dix années ne valaient pas mieux qu'une poignée de cendres. Amance m'a dit que cet été-là Ben s'était enfui par bateau. J'ai pensé au chemin lumineux sur la mer sombre. Le rendez-vous eut lieu dans un café, avec Amance et Amaury, une vaste terrasse où je ralentis mon pas en arrivant. Ben s'était laissé pousser la barbe. Son regard en était plus intense, presque fiévreux. Il souriait. J'avais imaginé toutes sortes de questions avant de le rejoindre dans ce café, mais aucune ne franchissait mes lèvres. Je me sentais sereine, sans en comprendre la raison. Ben était devenu un homme, pourtant j'avais la sensation étrange de l'avoir quitté la veille. Il ne me lâchait pas du regard, tout comme Anton autrefois. Ben avait vécu en Italie auprès de Luca, un vieil homme qui, après l'avoir caché, s'était chargé de lui trouver une nouvelle identité et un travail. On n'imagine pas à quel point la solitude peut peser sur autrui quand on est entouré. Ben avait sauvé Luca qui s'était comporté comme un père avec lui. Ce qui manquait cruellement à Ben. Ce n'est pas moi que Ben avait fuie cette nuit-là. Mais les coups de ceinture que lui infligeait son père. Des blessures qui ne s'effacent qu'à la surface de la peau. Le secret si bien gardé par Amance qui pleurait dans ce café de n'avoir rien dit à la police. La coupable, ce n'était pas moi. Je voyais ses larmes couler sur ses taches de rousseur, salir son visage, sans que j'éprouve la moindre émotion. Je me rappelais les tee-shirts de Ben sur la plage qu'il n'ôtait jamais en se baignant. J'ai pris sa main que j'ai portée à ma joue. J'aurais tout donné pour être seule avec lui. Une onde tiède m'a traversée tandis qu'il penchait la tête sans me quitter des yeux. Amance et Amaury se sont retirés comme le roulis des vagues, en ce temps-là. L'été, enfin, pouvait reprendre son cours.

Le mois suivant, j'ai épousé Ben sans réfléchir. Nous sommes partis en Italie. J'ai rencontré Luca. Je ne crois pas qu'il m'imaginait ainsi. Derrière mon sourire, son œil de rapace a percé ma langueur. Moi, je n'ai vu qu'un vieillard. La nuit, Ben était d'une incroyable douceur. Je me laissais aimer. Je ne décidais plus de rien. Je me disais que le bonheur n'était pas loin, qu'il me suffisait d'être patiente. J'avais fui l'amour. Mon cœur ne cognait plus comme avant, mais je n'étais plus cette adolescente qui s'était éteinte comme un feu sous l'eau. J'aimais Ben à ma manière. J'étais pleine de compassion pour lui. J'étais si paradoxale. Je savais que le véritable amour ressemblait davantage à Anton. Je le chassais comme une guêpe entêtante qui tournait à toute heure du jour et de la nuit autour d'un pot de confiture. Mais il suffit d'un moment d'égarement pour que tout prenne un sens différent. J'allais l'apprendre plus tard à mes dépens.

Je suis tombée enceinte de mes jumeaux. J'ai pensé appeler l'un d'eux Anton. Et je m'en suis voulu d'avoir eu pareille pensée. J'ai laissé Ben leur trouver un prénom. Amance est venue m'embrasser avec un bouquet de roses rouges qui embaumait ma chambre. Elle m'a dit combien elle était heureuse pour moi, pour nous, de la naissance des deux garçons. Puis elle s'est penchée vers moi et m'a demandé si moi, j'étais heureuse. Ses yeux brillaient dans les miens.

Je retrouvais en elle la magicienne de notre enfance qui savait tout avant moi. Je n'ai pas eu besoin de répondre. Elle s'est redressée lentement, a lissé sa robe avec ses deux mains et m'a dit avant de partir de ne pas faire de mal à Ben. Ses mots ont résonné longtemps comme une menace dans cette chambre blanche.

Je n'avais rien promis à ma belle-sœur. Je me suis dit que la vie avait fait de moi une morte parmi les vivants. J'avais laissé partir Anton, l'amour de ma vie, parce que je me sentais coupable de la disparition de Ben. Ce qui s'était révélé faux. J'avais échangé le désir pour une cage sans fenêtre. Pour que chaque jour compte : j'avais oublié à quel point cette phrase me faisait penser à Anton. J'ai pris un amant, puis plusieurs. Je devais cesser d'embellir, année après année, cet été où je m'étais donnée tout entière à ce garçon aux cheveux fous. J'ai menti à Ben, prenant mille précautions pour qu'il ne devine rien. Mais c'est surtout à moi que je mentais. Je n'étais pas plus heureuse avec mes amants que dans les bras de Ben. Et quand mon mari me serrait contre lui, mes yeux se fermaient pour voir Anton à sa place. J'en pleurais la nuit. Des larmes sur mes errances, ce goût amer que me laissaient ces après-midi dans des chambres d'hôtel, recouverte d'un drap dans les bras d'un galant. Mon corps abandonné sous celui de Ben qui ne disait jamais rien, ne criait pas, ne me frappait pas. Je le méritais, toute cette vie n'était qu'un mensonge qui en entraînait un autre.

Je l'ai reconnu dans la file des taxis. Nous attendions sous la pluie d'improbables chauffeurs qui ne viendraient pas. De dos, il téléphonait sans se soucier de l'orage. Il nous dépassait tous d'une tête. Son corps massif sous cet imperméable beige m'apparut comme un refuge. J'ai senti battre mon cœur comme jamais, cette émotion que je croyais morte depuis longtemps. J'ai souri. Il s'est retourné à ce moment-là et m'a reconnue. Son visage est resté impassible. La pluie tombait sur lui, plaquant ses cheveux sur son front. Le vert de ses yeux entrait en moi comme le vent par une fenêtre ouverte. Il s'est avancé et m'a serrée contre lui. J'ai cru défaillir. Puis il m'a embrassée sans un mot, laissant le passé loin derrière nous.

Anton est marié. Il a trois filles. Il n'est pas plus épanoui avec sa femme que je ne le suis avec Ben. Nous nous voyons plusieurs fois par semaine, dans un hôtel où nous avons nos habitudes. J'attends nos rendez-vous avec une impatience fébrile. Je me sens anormalement heureuse. Ben dit que je suis plus légère. Je songe à quitter mon mari et mes enfants. Je n'ose pas demander à Anton s'il est capable d'en faire autant. C'est un père : il adore ses filles. Je suis un jouet entre ses mains, il fait de moi ce qu'il veut. Parfois je rentre tard. Je ne m'excuse pas. Je sens Anton comme un flacon renversé. Je m'étonne toujours que Ben ne le remarque pas. Je vis dans un mirage. Je me sens différente. Invincible.

Je regarde les pins parasols. Les branches s'élancent, élégantes, jusqu'au vert de leurs cheveux moussus. Ces arbres m'ont toujours fait penser à Anton. Je viens d'avoir Ben au téléphone, les jumeaux sont couchés. J'ai hâte de raccrocher. Anton ne devrait pas tarder. Je suis si impatiente qu'il soit là. Je vais lui demander de quitter sa femme. Il pourra toujours voir ses filles tant qu'il est à moi. Je ne sais pas ce qu'en dira Ben. Il sera désolé, certainement. Jamais un mot plus haut que l'autre. Rien ne semble l'atteindre. Même son regard n'est plus fiévreux. Je reçois un texto. Anton est dans l'hôtel.

On frappe à la porte. J'ouvre, et mon sourire disparaît dans ma bouche. Amance me dépasse avec froideur. Elle entre dans la chambre, regarde autour d'elle, et dit doucement que je ne mérite rien de tout cela. Elle sort un revolver de son sac à main et me tire dessus. Je m'écroule, du sang sur mes doigts. Avant de perdre connaissance, j'entends Amance me dire « … ne pas faire souffrir Ben ».

J'ouvre les yeux. La chambre est aussi blanche que celle des jumeaux à leur naissance. Je me sens fatiguée. Je me demande si Ben et les garçons sont cachés derrière la porte. Je revois Amance, mon bras à sa taille, quand nous marchions, enfants, sur la plage. Ses yeux glaçants, avant de tirer. Elle a toujours su avant moi où mes émotions m'entraîneraient. Je l'ai bien cherché. Je suis seule dans ma chambre. Ils se sont tous enfuis.

Le temps détale comme un renard sous les phares. Je garde mes premiers cheveux blancs pour me rappeler combien j'ai été aimée. Je prends souvent le thé avec Amance, depuis notre réconciliation. J'ai oublié nos différends et sa balle perdue. Je l'écoute patiemment. Je me fie à son discernement. J'en ai toujours cruellement manqué. Comment ai-je pu croire que je pouvais m'enfuir ainsi ? Abandonner Ben et les jumeaux ? Suivre Anton comme un fleuve qui déborde furieusement et m'a entraînée loin des miens ? Ce tir a réveillé ma conscience. Je dois reprendre ma vie en main. Oublier Anton. Je ne suis plus l'adolescente qui le repoussait comme le feu sous la glace. Je dois le laisser partir. Pour Ben.

J'étais si amoureuse d'Anton que je n'ai pas su lire son texto, le jour où je l'attendais, fébrile, prête à tout quitter pour lui. Il n'avait pas écrit *je suis à l'hôtel*, mais *je ne viendrais pas à l'hôtel.* Anton est retourné auprès de sa femme et de ses trois filles.

Je déjeune avec Ben. L'été est là, les terrasses sont si joyeuses. Je marche d'un pas léger, je danserais presque dans la rue. Les jumeaux ont grandi, ce sont de beaux jeunes hommes. Ce matin, j'ai aperçu au coin de mes yeux de nouvelles rides qui s'ouvrent comme un livre au soleil. Je m'en fiche, je suis heureuse. Je vais retrouver Ben pour fêter nos vingt ans de mariage.

Il m'arrive bien sûr de penser à Anton, parfois, quand j'aperçois un pin parasol. Je frissonne, un vent d'hiver sur mes épaules nues. Mais quand je suis dans les bras de Ben, je ne laisse plus Anton se glisser entre nous. Je le sais en moi, comme un fer rouge qui me brûle encore. Je vis avec cette douleur. Je m'y suis habituée avec toutes ces années sans lui. Je fais ce qu'il faut pour que les souvenirs ne remontent plus à la surface. Je ne ferme plus les yeux, je regarde intensément mon mari. Et je n'ai plus besoin de lever les yeux en marchant. Mon bonheur est devant moi.

Anton – Les pins parasols

On ne devrait pas grandir quand on perd sa mère à quatorze ans. Rester cet adolescent hostile qui n'obtient, comme réponses, que des mots dénués de sens. J'ai appris son décès trop tard. J'ai toujours pensé que j'aurais pu être utile de son vivant, peut-être même la sauver. Jeune, rien ne semble impossible. Je suis devenu chirurgien pour qu'elle soit fière de moi. Qu'elle me voie parcourir ces milliers de kilomètres dans des pays aussi en guerre que moi. J'ai opéré dans les pires conditions, emportant parfois le moribond sur mon épaule tandis qu'une bombe détruisait notre camp, réduisant mes interventions à de simples prières, moi qui ne crois en rien. Je suis d'origine protestante, par ma mère, mais je ne pratique pas plus la religion que la haine de l'autre. Ma mère a laissé en moi une part d'inachevé que rien ne guérit ni ne sauve. J'ai un frère, Simon, de six ans mon aîné, qui vit à Nuremberg ; nous parlons de tout, sauf de notre mère. Il sait cette fraction de vérité que j'ignore, mais il nous est difficile de l'évoquer, de peur que ces fragments soient plus destructifs que les faits. Mon père, lui, s'est réfugié dans la montagne, au-dessus de Thônes, dans un chalet difficile d'accès l'hiver. La neige empêche d'emprunter le seul chemin qui y conduit. J'y vais deux fois par an, repeindre la façade ou les volets, réparer les canalisations et tenter de rafistoler le peu de conversations que nous avons. Mon père n'exprime pas ses sentiments, ils sont aussi inaccessibles que ce chalet au milieu de nulle part. Je n'ai pas grandi à ses yeux, je suis toujours cet enfant qu'il rabroue pour un rien, mais je lui tiens tête, je ne suis pas du genre à me laisser faire. Personne n'est là, de toute façon, pour entendre nos disputes, sauf Simon, parfois, qui ne s'en mêle pas et sort fumer une cigarette. Je le rejoins sur cette terrasse que j'ai vernie, deux bières à la main, et nous regardons ce paysage lunaire, où la nature est aussi ensevelie que notre enfance.

Quand mon père s'endort à l'étage, je pense à cette jeune fille que j'ai connue après la mort de ma mère, dans le sud de la France où nous allions en vacances. Je l'observais du haut des arbres où j'aimais grimper. Brune n'avait que douze ans, j'en avais dix-sept. Elle m'a repéré comme on atteint sa cible en son centre. Elle ressemblait à un petit animal curieux, avec ses gestes brusques, ses cheveux défaits, ce regard perdu dans les cimes. J'ai su, la première fois qu'on s'est embrassés, que cette gamine allait tout bouleverser. J'ai ressenti une attirance que rien en moi ne contrôlait. J'ai pensé que mon père espérait une réconciliation qui n'est jamais venue. Je montais aux arbres pour lui échapper. Du haut des branches je le voyais me chercher sans jamais lever son regard. Il en était bien incapable. Son cœur était aussi dur que le rocher sur lequel Brune se tenait en équilibre. Sa gêne, même, pour me dire des mots simples, prenait des proportions absurdes. Je l'observais hésiter d'un pied sur l'autre. Quand nous étions ensemble, je le reprenais sur tout, cherchant à le provoquer, lui en voulant encore de s'être tu quand il aurait dû me parler du cancer de ma mère. Nous ne nous disputions que pour de mauvaises raisons, alors qu'il nous aurait suffi de crever le bouton pour en faire sortir le pus. Nous en étions incapables l'un comme l'autre.

Brune était si jeune. À vingt et un ans, je me croyais invincible dans les bras de ce petit animal qui s'enroulait en moi pour mieux me surprendre. Elle m'était aussi indispensable que l'air que je respirais. Je suis d'une sensibilité extrême depuis la disparition de ma mère. Je réussis à l'exprimer dans des amitiés passionnelles où je déborde d'attention et d'amour. Je donne tout sans vraiment me préserver. J'ai su atteindre Ben, ce garçon dont Brune s'était éprise alors que nous étions ensemble. Nous avions en commun un certain isolement du monde, lui sur ses rochers, moi dans mes arbres. Nous aimions Brune surtout, ce qui nous a rapprochés. Les âmes sensibles se reconnaissent toujours. Je l'ai encouragé à s'enfuir par la mer un soir. Je lui ai trouvé un bateau, j'étais là quand il s'est enfoncé dans la nuit. J'ai fait la promesse de ne rien dire. J'ai assisté aux recherches. Tenu la main de Brune. J'ai même consolé Amance, la sœur de Ben. Quand leur père est apparu sur l'écran de télévision, j'ai vu dans ses yeux en colère le reflet d'une ceinture frappant Ben. Sa voix tremblante m'a fait penser à celle de mon père quand il essayait de contenir son impatience. Je sortais trop la nuit, toujours en bande, des garçons surgis de nulle part qui buvaient beaucoup et m'entraînaient jusqu'au petit matin, juste à temps pour rejoindre les bancs de la faculté. Je buvais peu, ne me droguais pas comme la plupart des étudiants. Je pensais souvent à Brune, à ses mains sur moi, à ses lèvres douces, à son corps bruni par le soleil. L'été je la serrais à nouveau contre moi. Je l'emprisonnais de mon amour. Je la devinais changeante. Je sentais qu'elle me quitterait un jour. J'étais trop sensible pour faire illusion.

Je me suis marié. J'ai eu trois filles. Je pense être un bon père. J'ai cessé mes voyages à l'étranger à la naissance de ma troisième, trouvé un poste de chirurgien dans un hôpital parisien. L'adrénaline du danger dans les zones de conflit me manque. Je vois souvent mes filles. Je les écoute. Je leur donne des conseils, je les console parfois. Leur mère est une femme très belle, aux yeux sombres, à la longue chevelure noire, au visage en amande. Elle s'appelle Sevda et vient d'Izmir. Je l'ai connue après Brune. Il y a toujours un *après*. Brune me reprochait la disparition de Ben. Elle était loin de savoir à quel point elle avait raison. Je n'en ressentais que de la culpabilité envers elle. Je n'ai pourtant pas mérité d'être traité avec autant de mépris. Elle a cessé de m'aimer, de me parler, de me regarder, en un instant. Je n'étais plus rien, alors que nous étions tout. Le corps ne ment pas. Je l'ai vue pleurer dans mes bras. Elle m'aimait, avec ce feu naissant dans son regard qui me rendait fou. Je n'ai jamais eu de réponses à mes messages, ni à mes appels. J'ai su par Ben, longtemps après, qu'ils se mariaient. La terre s'est entrouverte sous mes pieds. J'ai accepté par dépit une mission en Bosnie où j'ai été rapatrié d'urgence, après avoir reçu une balle perdue. Je suis resté plus d'un mois dans cet hôpital où Brune accouchait de ses jumeaux. J'avais lu le message de Ben comme une deuxième balle. Un étage nous séparait l'un de l'autre. J'observais sans rien dire l'infirmière qui me soignait. Je la trouvais belle, si calme, alors que tout en moi n'était que rafales. Je ne savais pas encore qu'elle s'appelait Sevda.

Je n'ai jamais parlé de Brune à Sevda. On ne montre pas toujours ses blessures. On les cache parfois au plus profond de soi jusqu'à les oublier. J'ai hérité cela de mon père. Je cultive mes amitiés fortes et masculines. Je suis un compagnon utile et souvent disponible. J'écoute plus que je ne parle. Je n'ai pas besoin de me confier, certaines choses se doivent d'être tues. J'ai dirigé les campements à l'étranger, tout comme je conseille mes amis : ma vie en dépend. J'oublie jusqu'au visage de Brune. Je suis là pour sauver des vies. La mienne est en suspens depuis que j'ai quatorze ans et depuis que Brune m'a quitté sans explications. Sevda ne me demande rien. Elle me laisse partir dans ces pays en guerre. Elle accepte ces amis qui me ressourcent en énergie. Elle sait combien les salles de sport comptent pour moi. L'effort absorbe ma colère du monde. Je laisse les endorphines m'envahir tandis que je rentre à pied chez moi, casque aux oreilles. J'écoute une musique qui conforte ma mélancolie et contient ma rage de vivre. Je réveille Sevda, j'ai besoin d'elle, de son corps sous le mien, de ses cheveux épars sur l'oreiller. Je ne tremble plus comme avec Brune. Je ne quitte pas Sevda du regard. Je me perds en elle. Quand nos corps sont enfin au repos et que ma femme se rendort, je réponds à mes messages, je poursuis certaines conversations jusque tard dans la nuit. Je souffre d'apnée du sommeil, j'ai peur de dormir. Je veux être utile à ceux que j'ai choisis. Tous ces soldats et ces civils qui n'ont pas décidé de vivre dans un pays bombardé. Toutes ces âmes en peine que je répare avec mes mots. Ma mère sans doute serait fière de moi. Si je fais tout cela c'est pour elle, bien sûr, mais elle n'est plus là pour le ressentir. Je laisse la musique m'envahir et je m'endors avec mon casque, les bras en croix.

Si j'ai cessé de voyager, ce n'est ni pour Sevda ni pour mes filles. Je voulais me rapprocher de

Brune. J'étais las d'être en guerre. J'espérais que son souvenir permanent finirait par m'apaiser. J'acceptais parfois de prendre un verre avec Ben pour l'entendre me parler d'elle. Je l'amenais doucement à se confier. Brune ne lui était pas fidèle. Ben en souffrait et se demandait pourquoi ils en arrivaient là. Il avait découvert dans son portefeuille, sur des relevés de carte bleue, un hôtel à Montparnasse. Il avait suivi sa femme, attendu sur un banc, observé ces hommes qui lui volaient son bonheur. Il était incapable d'affronter Brune par peur de la perdre. La violence de son père lui avait appris à quel point on se doit d'aimer ceux qui comptent. Brune était tout pour lui. Il avait choisi de se taire. J'ai pensé un instant que je pourrais être l'un de ces hommes, sortant de l'hôtel à son bras, rassasié de cet amour clandestin, sans me soucier du regard de ce passant, assis sur son banc, qui assistait, déchu, à la débâcle de son couple. Je consolais Ben comme ces blessés que je n'avais pas pu soigner, qui mouraient contre moi. Je connaissais le nom de l'hôtel, les habitudes de Brune. J'en savais assez.

Il pleuvait ce jour-là. Je terminais une conversation avec Sevda, quand je l'ai aperçue. Je n'avais jamais trompé ma femme. J'exerçais ma séduction sur mes amis, je la trouvais sans danger. J'appréciais même ce désir, parfois, qu'ils ressentaient en ma présence. Il me rendait plus fort. Il libérait en moi les endorphines des salles de sport et me rendait plus léger. J'étais aimé.

Je n'étais pas attiré par les hommes eux-mêmes, mais leur sensibilité résonnait en moi. Je n'avais connu que Brune et Sevda. J'étais l'enfant dans les arbres, l'homme qui écoutait sa musique au casque. Je me protégeais du monde. J'aurais voulu sauver ma mère. J'en voulais toujours à mon père de ne pas avoir dit les mots. Ceux qui cicatrisent. Ceux qui soignent. Ceux qui guérissent. Face à Brune, je n'ai ressenti que du désir. Même dans cet hôtel à Montparnasse où d'autres hommes l'avaient aimée avant moi. J'avais abandonné Sevda et les filles en entrant dans cette chambre où nous nous étions déshabillés dans l'urgence. Brune avait seize et quarante ans, je quittais les pins parasols pour les draps frais de ce lit, je tremblais comme à vingt et un ans, elle pleurait tandis que je l'aimais, nos bouches ardentes, avides de baisers violents, intenses, comme nos corps en colère que rien ne semblait calmer. Je l'ai gardée contre moi, après l'amour, sans rien dire. On ne résume pas sa vie en quelques heures. Quand elle m'a dit ne pas être heureuse avec Ben, j'ai menti. Je lui ai dit qu'il en était de même avec Sevda. Je nous voulais égaux devant tout. À cet instant précis, dans cette chambre en désordre, comme si je grimpais toujours aux arbres et que Brune marchait encore en regardant en l'air.

On ne devrait pas grandir quand on perd sa mère à quatorze ans. Mais on le fait, malgré soi. On peut toujours prétendre que tout s'arrange en vieillissant, mais ce n'est pas vrai. Je ne connais rien de plus triste que la pluie s'écoulant lentement sur une fenêtre. Comme ces hivers froids à Thônes que rien ne réchauffe, à commencer par le mutisme de mon père. Comme ce désir longtemps contenu qui, une fois libéré, perd tout de sa saveur. J'ai toujours pensé que je contrôlais ma vie, je n'en retiens que les digues sur le point de lâcher ; ce vide laissé depuis l'enfance. Je marche sur un fil entre la force et la déraison. Je viens d'envoyer un texto à Brune pour lui dire que je ne viendrais pas dans le sud de la France. Je n'ai pas eu le courage de l'appeler. Sevda connaît notre histoire jusqu'à ces après-midi où je rejoignais Brune à Montparnasse. Elle m'a regardé longuement avant de me dire de sa voix douce qu'elle s'en irait avec les filles si je revoyais Brune. Je me suis senti soulagé d'avoir dit la vérité, d'en payer le prix qui m'a semblé dérisoire : j'aime Sevda. Quand Ben m'a prévenu qu'Amance avait tiré sur Brune, j'ai couru à l'hôpital, à bout de souffle. Je n'ai pas pu entrer dans sa chambre. Je l'ai vue par la vitre rectangulaire, allongée sur le lit, sa poitrine se soulevant légèrement. Je me suis laissé glisser contre le mur, les mains sur mon visage, et j'ai pleuré longtemps comme si je me libérais, enfin, d'un chagrin qui remontait en moi par saccades, un relent du passé aux odeurs d'enfance. Je n'ai pas versé une larme à la mort de ma mère. Je ne me souviens pas de mon père, ou de Simon même, montrant leur peine, juste un silence assourdissant.

En m'éloignant de Brune, j'apprends à consolider mes barrages, à faire la paix en temps de guerre. Je dois regagner la confiance de Sevda, ébranlée par ma trahison. Parfois, j'appelle Ben, je lui demande des nouvelles de Brune. Je suis heureux qu'elle n'ait rien dit. J'imagine qu'elle pense à moi de temps à autre, face aux pins parasols. Que notre histoire vit encore. Je n'ai pas gardé une seule photo de Brune : elle bat en moi comme un organe. Elle reste ma part d'innocence, mes émotions les plus pures. Mais on ne vieillit pas ainsi. On fait du mal sans le vouloir. On sauve des vies, on en perd d'autres. On apprend à nuancer, à ne plus s'emporter autant. C'est sûrement cela être adulte : additionner les petites lâchetés et les sentiments qui nous paraissent les plus justes. Mes amis le savent bien. Je suis là pour eux. Je reste trop sensible. Il faut s'éloigner parfois de ceux qu'on aime le plus au monde, un peu comme une mort lente où personne ne souffrirait. Je suis un homme apaisé qui regarde la pluie s'écouler sur la fenêtre. La nuit, je marche longtemps au hasard des rues, mon casque sur les oreilles, je ne vois même plus les passants que je croise, mes pas s'alignant sur le rythme de la musique. Le visage de Brune apparaît parfois sur les airs mélancoliques que j'écoute jusqu'au bout, avant de rentrer chez moi, auprès de ma femme. De son beau visage ovale que j'aime tenir entre mes mains, comme ce que j'ai de plus précieux au monde.

La petite dernière

Je suis la petite dernière. En tout. À l'école, je suis assise au fond de la classe et je fixe le tableau noir. Les chiffres dansent avec les lettres et me donnent le tournis. Les élèves se succèdent sur l'estrade, à côté de la maîtresse – jamais moi –, et racontent par cœur des tas de trucs que je ne comprends pas. Je retiens tout à l'envers. La racine carrée d'une rivière, la capitale d'une montagne, l'assassinat d'une fleur célèbre. De toute façon je ne vois rien, je suis myope et je ne porte jamais mes lunettes. Elles sont trop moches. Et puis tout est flou comme dans un rêve où tout doit être beau, puisque je ne vois rien. Pour m'amuser, je fais des tas de dessins sur ma table. Des matous énormes ou des vaches à trois pattes. Et sur le mur derrière moi, j'ai même dessiné un zèbre avec des lunettes. Je ne suis jamais punie. La maîtresse, Mme Delacourt, doit être plus myope que moi. Sur mon cahier de notes, elle n'écrit rien et moi, je remplis les cases vides, des bonnes notes que je montre super fière à maman qui s'en fiche et préfère tricoter du matin au soir. Je pense que je fais peur à Mme Delacourt, même au directeur de l'école, M. Ferrer, qui regarde toujours ses chaussures quand il me parle avec sa voix si douce que je n'entends rien. La seule fois où M. Ferrer a levé ses yeux, c'est le jour où je me suis baissée pour défaire ses lacets et les attacher ensemble. Même pas punie. Pendant la récré je fais des blagues qui ne font rire que moi. De toute façon, ça m'est bien égal que les autres rient ou pas. Je m'en vais dans les vestiaires, et change les clés de poche comme ça personne ne peut rentrer dans sa maison. Dans la cour de l'école, je fais des croche-pieds et j'accuse un autre que moi qui se fait punir à ma place. C'est tout moi. Quand la classe est vide, je renverse de l'eau sur les devoirs. J'ai même vidé un tube de colle transparente que j'ai étalée sur la chaise de la maîtresse. Je m'amuse comme je peux. Les autres élèves font comme si je n'existais pas et des fois je pense qu'ils ont raison. C'est peut-être aussi à cause du compas que j'ai planté dans le dos de Béatrice qui m'empêchait de voir le tableau noir. Depuis, plus personne ne s'assoit devant moi. Ni à ma place, sinon le compas se changerait en couteau à rôti du dimanche. À la maison aussi, je suis la petite dernière. Je vis toute seule avec mes parents depuis que mes frères et sœurs sont partis un peu partout sur le globe. J'ai collé des petits drapeaux avec un chewing-gum sur tous les pays où ils habitent. Et puis, un jour, j'ai jeté le monde par la fenêtre qui a rebondi sur la route avant qu'un gros camion l'écrase. Personne ne m'a offert une nouvelle mappemonde. Ce n'est pas gentil. On vit à Amiens, dans le quartier Saint-Leu, près de la cathédrale où papa va prier le dimanche matin. Il doit demander au bon Dieu de lui ramener tous ses grands enfants, mais le bon Dieu est sourd et personne ne revient. J'étais la petite princesse parmi mes frères et sœurs. Depuis qu'ils parcourent le monde, je me suis changée en vilain crapaud. Un crapaud qui s'appelle Rose. Je déteste mon prénom. Et gare à celui qui le prononce. Cette petite gourde d'Alice, une voisine, s'en souvient encore. Je l'ai poussée dans le canal. Depuis elle ne m'appelle plus. Et elle traverse le pont quand elle me voit tout en baissant les yeux. Mes parents ont des cheveux aussi blancs que la craie de Mme Delacourt et me regardent comme si j'étais un monstre. Ils ont bien raison. Je suis un monstre. Surtout depuis mes expériences de petite chimiste grâce auxquelles j'ai appris à mélanger les produits avec leur shampoing, ce qui explique leurs cheveux blancs. De toute façon on s'ennuie dans cette maison, il faut bien s'occuper. Je tends des pièges en haut de l'escalier avec les pelotes de laine et je fixe papa ou maman tomber et je bats des mains. Maman s'est foulé la cheville à cause de moi et elle porte un bandage autour de son pied. Elle a dit au docteur qu'elle avait glissé dans l'escalier. Personne ne me gronde jamais. J'ai plongé le chat dans l'aquarium qui a mis de l'eau partout et a oublié de manger le poisson rouge.

De toute façon, le poisson rouge est mort. Il a ouvert grand sa bouche comme si l'air était de l'eau et je l'ai regardé mourir. Après je l'ai jeté dans les toilettes et j'ai tiré la chasse. J'aurais dû le faire avant qu'il soit tout raide. Malgré tout ça papa et maman disent de moi à qui veut l'entendre : « Comme elle est mignonne. » C'est ça, oui. Pour de vrai, je suis moche et méchante. En amour aussi je suis la petite dernière. Je fais peur aux garçons. J'ai imité maman quand elle vient se blottir contre papa et j'ai bondi comme le chat hors de l'aquarium quand le garçon a essayé de m'embrasser avec sa bouche. Pouah. C'est pire que de mâchouiller un Malabar. J'ai souri au facteur qui depuis ne vient plus nous donner le courrier. Au moins, comme ça, on ne sait plus ce que deviennent tous mes frères et sœurs et c'est tant mieux. Bon, j'ai souri au facteur et j'ai pris sa main dans laquelle je me suis mouchée. Je sais, ce n'est pas bien. Je me suis assise sur le fils de la voisine qui regardait le ciel et j'ai mis mes doigts pleins de terre dans sa bouche. Lorenzo est allé pleurnicher dans la robe à grosses fleurs de sa maman qui s'est plainte à la mienne. Sauf que ma maman à moi, elle n'a pas osé me dire quoi que ce soit, à part me demander ce que je pouvais bien trouver à ce petit boutonneux. Et puis elle est retournée dans le salon avec ses pelotes de laine pour nous tricoter des pulls affreux que personne ne porte. À croire que mes frères et sœurs sont tous partis à cause de ces maudits pulls en laine. Ce qui ne l'empêche pas d'en tricoter un par jour au cas où papa ou moi on changerait d'avis. On sait jamais, peut-être qu'un jour mes frères et sœurs rentreront à la maison et seront contents de retrouver tous ces vilains pulls qui grattent la peau. Un jour, j'ai attendu ce petit morveux boutonneux cachée derrière un buisson et je l'ai poussé très fort et il est tombé sur un râteau et il s'est fait très mal. Bien fait pour lui. C'est comme le meilleur ami de papa qui venait dîner tous les samedis et qui m'emmenait dans les coins sombres de la maison. Je détestais ses pattes velues sur moi comme si j'étais une carte routière et qu'il cherchait une ville qu'il ne trouvait pas. Un jour, j'ai refermé la porte de ma chambre sur ses pattes d'ours de toutes mes forces, et il a hurlé comme le loup dans les films d'horreur. Depuis il ne vient plus dîner le samedi. Vous savez, non vous ne savez pas, ce n'est pas drôle d'être toujours la petite dernière en tout. Mais un jour, je serai la première. Et là, promis, je ne ferai plus de cadeau à personne.

Fermer les yeux

À Monica Sabolo

Maman m'a appelée Ambre, dès qu'elle a su l'origine de mon prénom. En grec, on le prononce *élektron*. Ça raconte l'histoire d'un savant, à l'origine du monde, qui vient d'inventer l'électricité. Maman dit que je suis sa lumière, le filament qui illumine le sol sous ses pieds, l'inflorescence du pissenlit qui tournoie dans l'air et retombe dans l'été tiède tandis qu'on se serre fort l'une contre l'autre. Elle se hisse sur la pointe des pieds, gracieuse, et danse pour moi. Les nuages s'écartent lentement, le soleil l'éclaire comme un projecteur. Je regarde ces ballons blancs difformes, allongée dans les champs de blé, avec le blond des épis qui frémissent sous l'étreinte du vent et eux, joufflus, sortant du lit, prenant l'apparence d'un éléphant en équilibre sur sa trompe. Maman s'adosse à un arbre, ses ballerines en équilibre sur les racines, les mains cachées dans le dos. Je sais qu'elle a cueilli des fleurs pour moi, de belles sauvageonnes, heureuses de sentir la chaleur de ses doigts, l'écorce de l'arbre, avant de s'éteindre comme on s'endort la nuit. Je sais que maman m'observe de son arbre, qu'elle ne quitte pas mes yeux, aimantés par le blanc du ciel.

On habite une maison pâle au bout du chemin, sur la colline, volets bleus et terrasse en chêne où j'aime peindre des coquelicots. Leurs pétales en sang rayonnent sous le pinceau. Maman se balance doucement sur son fauteuil à bascule. L'air embaume l'été. Le parfum du bois et des fleurs se laisse facilement capturer. Les racines des arbres s'adoucissent sous son pied de danseuse si menu, et l'enlacent, des chevilles à sa nuque si frêle, pour mieux l'étreindre. Son corps et l'écorce finissent par se confondre.

En haut de la colline, on peut apercevoir une route, parfois une voiture blanche qui file vers l'horizon. C'est là qu'il s'est enfui, un jour d'orage entre eux, la pluie battait la cadence comme une chanson triste qui se répandait partout, du bois à son cœur brisé. Maman le guette encore, assise sur la rambarde de la terrasse, ne se protégeant de rien, ni du soleil qui incendie son fauteuil à bascule ni de la lune qui projette des ombres tremblantes tout autour de la maison. Parfois, je reste des heures allongée sur mon lit, à fixer le plafond, à m'en éblouir. Des flocons de lumière scintillent sous mon regard, virevoltent dans ma chambre comme s'il neigeait. J'entends son pas maternel frotter l'escalier, sa main glisser sur la rampe, la porte de sa pièce se refermer sur sa collection de flacons en cristal que, parfois, le vent, surgi de sa fenêtre, fait bourdonner, comme une voix grave et mélancolique. Je l'abandonne à sa rêverie, à ses souvenirs avec lui dont je ne veux rien savoir. Les miens sont rangés dans une boîte que j'ai jetée à la rivière. Je ne sais plus rien de lui. Si ses cheveux étaient longs comme les algues qui ondulent entre les rochers. Ou rasés sur son crâne tel un œuf que je mâche lentement dans ma bouche. S'il m'appelait par mon prénom. Le sien, je l'ai oublié. J'aurais aimé que sa voiture blanche quitte la route, que l'électricité de mon prénom provoque un court-circuit, que l'arbre et ses racines s'en emparent à jamais. Mais rien de tout cela n'est arrivé.

Maman disparaît souvent au réveil. Je cours dans les champs de blé, mes mains frôlent les épis, le soleil joue avec mes cheveux blonds qui s'envolent tandis que mon pas s'accélère, tout comme mon cœur qui cherche à s'enfuir, tandis que je pince mes lèvres, cache mes oreilles sous mes paumes, cavale dans le blé qui m'arrive à la taille. Je sais que maman est au bout de cette course, allongée entre les racines, genoux au menton, comme le vert moussu, léger au toucher. Elle aime cet arbre, là où il a déclaré son amour. Elle l'a cru, le cœur brûlé, la tête aussi creuse qu'une coquille vide. Je me couche dans son dos, j'épouse sa forme. Je lui parle si bas qu'elle pourrait ne pas m'entendre. Mais je suis sa lumière, le filament qui illumine le sol sous ses pieds. Je lui rappelle quand je n'étais qu'une parure dans la grotte d'Altamira en Espagne. Quand les femmes de la Rome antique me gardaient à la main, parce que je représentais la jeunesse éternelle. Quand je dormais dans les tombes mycéniennes. Quand je m'écoulais des aulnes, moi, la résine accrochée aux écorces des filles d'Hélios métamorphosées. Quand les Slaves affirmaient que j'étais les larmes pétrifiées des dieux. Je sens son corps contre le mien se détendre. Elle se répand comme un soleil surgissant des montagnes. Elle tourne la tête et me sourit. Dans ses larmes séchées, je le vois, lui, tout sale. Il a glissé son doigt sous ses yeux et laissé son empreinte qu'elle n'a pas méritée. Tout comme ces petits éventails au coin de ses lèvres, elle qui ne cesse de s'éventer pour lui. Elle s'est assise. Elle secoue ses cheveux blonds. Sa chemise de nuit est couverte de terre et de mousse, comme de petits insectes surgis de l'écorce. Les racines se délient, maman renaît au jour qui se lève. Je l'emmène à la maison pâle, en haut de la colline. Je lui prépare un café et des tartines beurrées avec du sucre, comme elle aime. Je l'installe dans son fauteuil à bascule d'où elle ne peut pas voir la route, silencieuse à cette heure. Elle a dansé entre les épis de blé, pieds nus, bras effleurant le ciel. Le jour s'en est allé, filant comme les voitures sur l'asphalte. Lui, ne reviendra plus jamais. Il doit être si vieux aujourd'hui. Ses rides sont comme de petits vallons serrés entre les coteaux qui enserrent notre maison. Ses cheveux plus blancs que sa voiture rouillant au fond de la rivière. Son corps, un sarcophage mycénien ouvert aux poissons bleus qui dansent et frétillent avant de s'échapper par la vitre ouverte. Ce soir, j'ai abandonné les coquelicots. Je peins le ciel et chasse tous les nuages avec mon pinceau. Maman s'endort sur son fauteuil à bascule. Elle ne verra pas les étoiles filantes tournoyer autour de la terrasse. Je la regarde longuement. J'aime son abandon quand elle dort. Tout en elle se détend. Elle ne pense plus à lui. Elle rajeunit dans son sommeil. Je suis là pour veiller à sa jeunesse éternelle. J'ai déposé deux pierres nacrées entre ses paumes que j'ai refermées doucement. Personne ne viendra sur cette colline, j'ai semé toutes sortes de sortilèges jusqu'aux champs de blé. L'arbre et ses racines font couler la résine des écorces, qu'on appelait jadis les filles d'Hélios. Le temps lui-même refuse d'avancer. Je suis l'inflorescence du pissenlit qui tournoie dans l'air. Je respire pour deux, je donne la vie et la reprends.

Je n'ai eu aucun mal à le convaincre de venir me rejoindre à la rivière. J'ai dansé pour lui, pieds nus entre les fleurs soufflées par le vent, distillant dans l'air la poussière des étamines, comme s'il neigeait sur moi seule. Je lui ai fait boire le poison dilué dans son café. Je l'ai allongé à l'arrière de sa voiture blanche que j'ai poussée jusqu'à la rivière. J'ai dit à maman qu'il était parti, que j'avais couru longtemps derrière son automobile. La pluie tombait encore. J'étais trempée. Une Gorgone, avec mes cheveux blonds tout collés. Mon regard s'est posé sur maman. Elle s'est évanouie sans bruit, comme un sac.

Je suis sa lumière et l'obscurité. Moi aussi, il m'arrive de fermer les yeux et de rêver à un monde merveilleux. Je suis la fille de la colline qui court dans les champs de blé et s'allonge entre les replis fourchus des racines qui font de moi une écorce. Je deviens rugueuse, aussi forte que l'arbre centenaire. Mes larmes sont aussi pétrifiées que celles des Dieux. Je peins le ciel la nuit, les pétales en sang des coquelicots. Je suis l'algue qui ondule entre les rochers, le flacon de cristal que le vent parfois fait bourdonner. Je suis l'air que je respire, les flocons de lumière qui scintillent dans mon regard de Gorgone. Je vis seule dans une maison pâle où les ombres et les étoiles filantes tournoient. Je suis éternelle. Je suis un songe.

Incendies

Maman dit que je suis une enfant gâtée, qu'à mon âge on embrasse les miroirs, on rit d'être si jeune, on sort avec des garçons qui vous emmènent danser toute la nuit. Elle dit ça, légère comme un nuage, comme si l'amour n'était qu'une chanson douce et entraînante. Puis elle sort avec papa, et l'obscurité les avale. Le parquet grince légèrement sous mes pieds nus. Je m'arrête devant le grand miroir du salon, j'aperçois une jeune fille aux beaux yeux verts qui me sourit. Elle s'appelle Anna. Son visage est ovale comme une olive. Ses longs cheveux bruns sont rabattus sur son épaule. Ses pommettes ont la couleur d'un lait fraise. Je m'approche d'elle et l'embrasse sur la bouche. Maman n'a pas tort. Je compte sur les doigts de la main les garçons qui me courent après. Je n'en ai pas laissé un seul me rattraper. Ce n'est pas qu'ils ne me plaisent pas. Je sors souvent avec eux, mes parents sont rarement là le soir. Mais mon pouls est aussi mou qu'un doigt dans la confiture. Je m'abandonne à leurs baisers.

Je goûte leur bouche comme une sucrerie. Leur langue souvent m'étouffe, je les repousse. Je ne les laisse jamais aller plus loin. Leurs mains s'égarent, je les remets à leur place. Je confonds parfois leur prénom, mais tout à leur désir ils n'entendent que leur respiration chaude et sonore. Je pourrais être blonde ou rousse, ils ne feraient aucune différence. Je serais un canapé, ils s'allongeraient pareil, et je disparaîtrais comme un glaçon dans le café.

Le seul qui m'intéresse vraiment est un homme aux yeux bleus. En cours, je vois briller son alliance comme un astre qui m'aveugle. Je suis toujours assise au premier rang et je ne quitte pas son regard, surtout quand il croise le mien. J'essaye de le retenir, je passe ma langue entre mes dents ; mais ça ne dure jamais bien longtemps, le bleu de ses yeux se répand dans toute la classe, derrière ses lunettes en écaille. Ses cheveux bruns sont presque rasés au-dessus de ses oreilles. Ses costumes impeccables, ses chaussures bien cirées, ses chemises aussi blanches que le drap dans lequel on se couche. C'est un géant qui nous enseigne les mathématiques. Il s'appelle Simon. Je suis sa meilleure élève, uniquement pour collectionner ses sourires à la remise des copies. Je monte sur l'estrade. Je secoue légèrement la tête pour replacer mes longs cheveux bruns. Je lis mon exposé. Je reconnais un peu partout mes garçons qui me regardent, leurs coudes appuyés sur la table, leur tête rêveuse entre leurs mains. Je fais la moue. Je ne serai jamais à eux. Juste un baiser volé dans le parc face à l'école. Ou dans une salle de cinéma le soir, sans personne pour nous voir. J'ai beau les repousser, ils reviennent toujours comme de petits chiots sur mes talons. Pas question de me faire lécher par ces bestioles. Moi, je veux Simon.

J'ai tout fait pour qu'il me remarque. J'ai mis le rouge à lèvres de maman, *Tatouage couture*. Je suis la meilleure de ses élèves. Je l'ai même attendu à la sortie de l'école. Il m'a fait un petit signe de la tête et s'en est allé. J'ai glissé un mot doux dans sa veste de costume. Le lendemain il me l'a rendu avec un de ces sourires qui allument le feu en moi. Pas un verbe n'est sorti de sa bouche. Il y avait dans son attitude quelque chose de désinvolte qui m'a blessée. Je ne saurais dire quoi. J'aurais sans doute aimé qu'il me secoue en me tenant par les épaules et m'embrasse fougueusement. Ou me donne une claque. Au moins, j'aurais porté sur moi son existence.

Il va falloir que je grandisse vite et qu'il ne vieillisse pas. Ou alors je pousse sa femme sous une voiture et je le console. Ou je m'enferme avec lui à la fin du cours et je danse comme Brigitte dans *Et Dieu... créa la femme*. Mieux, même. Je le rends fou. Et je m'en vais, l'abandonnant à son désir. J'allume le feu et je laisse l'incendie se propager. Je dis à tous les garçons qu'il a abusé de moi, je crie, je pleurniche, je secoue mes longs cheveux bruns qui retombent sur mes épaules nues, toutes griffées par mes ongles.

Je rentre chez moi. J'ai pris soin de déchirer mes vêtements sous l'escalier. Maman est dans le salon, elle boit un martini blanc. L'olive entre ses dents, elle me fixe des pieds à la tête, crache l'olive dans le verre et appelle papa qui surgit de la salle de bains, à moitié rasé, le bas du visage recouvert de mousse. Je leur dis que le prof de maths a abusé de moi, sans quitter des yeux mes souliers. J'ajoute que je n'y suis pour rien et je pleure, le visage entre mes mains. Le sourcil de maman devient circonflexe. Papa rougit comme s'il était sur le point d'exploser. Je le vois sortir une arme d'un tiroir et partir avec, en robe de chambre et mousse au visage. Je m'effondre dans le canapé. Maman me prend dans ses bras et me câline. Bien fait Simon, il fallait me regarder droit dans les yeux.

J'ai dû m'endormir contre maman. Quand je me réveille, l'école est dans notre salon. Papa, toujours en robe de chambre, a passé une serviette sur son visage à moitié rasé. On dirait un déguisement pour une fête à thème. Le directeur triture un mouchoir entre ses mains. Mes garçons aussi sont présents. Ils se dandinent d'un pied sur l'autre. Leurs yeux balaient le sol. Papa me prend la main et me souffle au visage que je dois dire la vérité. Qu'il n'est pas trop tard. Pour aimer Simon ? Dois-je le dire à mon père, à l'école, à la terre entière ? Je réponds que je n'ai rien fait. Le directeur toussote et crache que Simon non plus. Les garçons font un pas en avant et me supplient d'avouer. Je regarde leurs bouches que je connais par cœur. Leurs mains, si petites, comparées à celles du géant. Maman se ressert un martini blanc. Elle croise les jambes. Elle observe le plafond comme inondé subitement. Papa me broie la main et me conjure d'être honnête. Je pense au grand miroir du salon qui reflète une jeune fille brune aux yeux verts. La perfection n'est pas de ce monde. Je pense à mes parents qui sortent souvent le soir. Aux salles de cinéma. Au parc face à l'école. J'entends le directeur dire que Simon n'a pas pu faire une chose pareille. Et que je vais devoir avouer maintenant, dans ce salon. Tous les regards sont tournés vers moi, comme un projecteur aveuglant. Je voudrais disparaître en claquant les doigts. Me retrouver assise dans une décapotable, Simon conduisant et m'emmenant loin, un bord de mer, sa main sur mon genou. L'air du salon devient irrespirable. J'étouffe, comme si mes garçons m'embrassaient tous au même instant. Je me lève d'un bond et, tout en regardant le directeur de l'école, je crie « Et pourquoi Simon n'aurait rien fait ? ». Je sens la moiteur d'un été monter en moi. Une allumette et je flambe. Lui, toussote encore et prend une grande inspiration avant de me dire que Simon est marié à un homme et qu'il ne s'intéresse pas plus aux fillettes qu'aux femmes. Maman retombe sur le canapé, son verre se renverse sur elle et l'olive roule dans un coin avant de disparaître. Papa a la couleur de l'asperge. Les garçons regardent la fenêtre avec envie. Et moi, je m'évanouis. Enfin, je fais semblant. J'ai besoin d'être seule un instant. *Le directeur de l'école m'a traitée de fillette*. Papa me secoue doucement, sa gifle fait son aller-retour. Je reviens à moi. J'avoue tout. Simon. Les garçons. Je pleure aussi comme si j'avais brisé toute la collection de porcelaines de maman. Je ne sais pas ce qui m'a pris. Je regarde papa qui me sourit et me dit que tout est fini. L'école sort du salon. Mes garçons en dernier, à regret. Je sais qu'ils m'auraient bien consolée. Je leur dois bien ça, ils ne perdent rien pour attendre. Maman aussi devrait être sur ses gardes. Son nouveau professeur de danse, Erwan, a un regard intense qui n'est pas pour me déplaire…

Benji

Grand-mère Apolline n'aime que les fleurs. Elle écarte toujours ses bras avant de les respirer, comme l'enfant qu'elle n'est plus depuis longtemps. Puis elle y fourre son nez et renifle leurs senteurs. Quand elle relève la tête, c'est pour chercher le regard de papa qu'elle aspire comme le vent mauvais. Son fils unique, son seul amour, qui n'aurait jamais dû se marier et vivre loin d'elle. Chaque été, pourtant, nous retournons au château, où Apolline vit avec ses domestiques et autant de chats que j'ai de doigts. Des domestiques comme des mouches qui lui tournent autour et qu'elle malmène, ne les laissant jamais en paix. La citronnade n'est jamais assez fraîche, le gigot est trop cuit, l'œuf pas assez baveux, la bouillotte au fond du lit pas assez chaude, le plaid sur ses genoux pas assez long. Quant aux chats, elle laisse Clara la cuisinière les nourrir et jouer avec, dans le parc si grand que je n'ai jamais pu en faire le tour. Quand vient la nuit, elle les fait entrer dans sa chambre et dort sous leur fourrure.

Grand-père, lui, s'est endormi il y a deux ans pour toujours dans une chaise longue face à la mer. Papa n'ose jamais lever la voix sur Apolline. Maman, comme une faute de goût, s'appelle Rose. Apolline ne l'appelle ni ne la respire jamais. Rose sans épines, qui se fane sous le silence. Elle ne lui dit ni bonjour, ni bonne nuit, ni rien ; balayés, l'épouse et son Benji, comme les feuilles d'automne qu'un domestique ramasse au râteau. Comme si maman était morte. Comme si je dormais pour toujours dans une chaise longue face à la mer. Pire qu'un de ses chats qu'elle ne nourrit jamais et avec lequel elle refuse de jouer. Juste leur fourrure pour avoir chaud la nuit. Et ce n'est certainement pas maman ni moi qui aurions gratté à sa porte, la nuit, pour dormir dans son grand lit. Quand elles se font face, maman a cessé de vouloir attraper son regard aussi glacial que le grand puits du parc. Elle se contente de prendre les repas en silence, posant délicatement ses couverts dans l'assiette comme si tout était en mousse. Grand-mère ne parle qu'à son fils, ou aux domestiques. Elle me regarde parfois, comme un objet étrange qui n'est pas à sa place et qu'elle rangerait, si elle le pouvait, sur la plus haute de ses étagères. Mais elle ne dit mot, ni ne caresse ma frange blonde. Quand j'étais petit, papa soufflait sur mes cils pour me réveiller, et en ouvrant les yeux dans les siens, j'y voyais un peu de bleu volé à la mer.

C'est en se penchant sur les fleurs qu'elle est tombée ce matin-là, de la fenêtre de sa chambre, bras écartés, comme une pierre qui a roulé jusqu'aux rhododendrons. C'est Clara qui l'a découverte, la tête écrasée dans la terre, la robe de chambre toute salie, remontée jusqu'à la taille. Je n'ai rien vu, rien entendu, je dormais. Clara m'a raconté tout cela, comme elle l'a dit aux pompiers, puis à la police. Maman m'a pris contre elle et m'a murmuré à l'oreille « C'est fini ». Et malgré mes dix ans, je l'ai serrée à mon tour si fort que mes mains sont devenues blanches comme ces nuages qui balayent le ciel bleu. J'ai répondu « Oui, enfin ». Et nous sommes restés ainsi, longtemps, nous balançant d'un pied sur l'autre, dans la tiédeur de la chambre où le soleil était entré en force. Plus tard dans la journée, papa est venu s'allonger sur le lit, regardant le plafond comme un ciel bleu d'été sans nuages, un ciel pur, où plus un seul orage ne viendrait assombrir ses longues journées au château. Je me suis couché à ses côtés, maman aussi, et nous nous sommes laissé aspirer par ce ciel bleu tandis que les chats grattaient à notre porte. Le lendemain, ils se sont tous enfuis et ne sont jamais revenus, happés par la forêt qui sépare le château de la mer, rendus à la nature, au pied des arbres centenaires. Je m'y promenais avec grand-père autrefois, comme un refuge loin du château et de ses maléfices. Une grand-mère sans couronne, ni miroir, mais plus méchante que les sorcières de contes de fées qu'on me lisait quand j'étais plus petit. Elle voulait papa, juste lui, rien que pour elle et personne d'autre. Les chats, ça ne comptait pas, juste pour avoir chaud la nuit, après la mort de grand-père.

Et c'est comme ça que tout a commencé. C'est bien plus tard que j'ai compris. À dix ans, le monde est une bulle qui vous éclate entre les doigts sans prévenir. J'avais tant de questions à poser à papa, à maman, à grand-père, à Clara, mais pas à Apolline. Je ne souhaitais qu'une chose. Une seule. Qu'elle tombe de la fenêtre de sa chambre. Après tout, c'était finalement Apolline qui avait versé le poison dans la tasse de thé de grand-père et fait trafiquer la voiture avec laquelle Rose et moi avions percuté un arbre de la forêt, sans freins pour pouvoir nous arrêter. Et pourtant, même morts, nous retournions tous les trois chaque été au château. C'était si bon de pouvoir s'allonger, maman et moi, à côté de papa, même s'il ne pouvait pas s'en rendre compte. Et ne croyez pas qu'une fois de l'autre côté, on peut traverser les murs et les portes. On ne ressent plus rien. Le temps n'a plus aucune importance. Et pourtant il en faut pour apprendre à ouvrir une porte ou une fenêtre. Sans maman et grand-père à mes côtés, je n'aurais pas pu forcer le destin en poussant Apolline, ce matin-là, par la fenêtre. Je l'ai regardée se soulever puis retomber comme une vieille poupée molle jusqu'aux rhododendrons sans ressentir quoi que ce soit. Quand on est mort, on ne ressent ni la douleur ni rien. On s'en va quand on retrouve enfin la paix. Grand-père a aussitôt disparu comme une bulle qui éclate pour toujours. Maman et moi savions qu'il nous restait peu de temps. Juste s'allonger sur le lit à côté de papa et regarder ce ciel bleu, sans nuages gris, un ciel pur qui allait nous aspirer pour longtemps. Alors j'ai serré fort la main de papa pour qu'il ressente ma chaleur, avant de m'en aller. Papa s'est redressé d'un bond et a dit « Benji, c'est toi ? ». Les fenêtres se sont ouvertes d'un seul coup. Le vent est entré avec force, renversant les lampes et tournant les pages des livres sur sa table de nuit. « Benji, c'est toi ? » Et maman a rejoint grand-père sans me laisser le temps de lui dire adieu. J'ai caressé la joue de papa. J'aurais aimé lui dire « oui », mais quand on est mort, on ne parle plus. J'ai soufflé sur ses cils, puis ses cheveux. « Benji, c'est toi. » Papa m'a souri. Et comme le souffle éteint la bougie, j'ai senti que je partais.

Eytan

J'ai toujours pensé qu'Eytan n'était pas réel. Mon oncle paraît si différent des gens que je connais. Surtout l'été, dans la villa de Lipari, où défilent toutes sortes de personnes dont maman s'entiche, des excentriques qui font pâlir papa d'ennui. La baronne Anja de Schwarzenberg, autrichienne, portant une robe de coton mauve sur la plage, découvrant ses bras de dindon, ses pieds et mollets plus blancs que lait. Le banquier Ernesto Alarcon, espagnol, cheveux gominés, comme surgis de l'eau, et sur lui un parfum capiteux qui donne envie à toutes celles qui le suivent de s'éventer pour ne pas s'évanouir. La vendeuse de fruits, Abigale Cook, américaine, yeux gris et mèches blondes, que maman a rencontrée sur le marché et installée dans notre villa. Je la soupçonne de l'avoir fait pour son frère, Eytan. Il y a aussi l'homme d'affaires du Costa Rica, Yudel Mora, très élégant, avec ses panamas ceinturés de bandeaux sobres, dans les tons camel ou végétal. Il fume d'énormes cigares qui l'obligent à arrondir sa bouche et lui donnent toujours un air étonné, surpris sans doute par la fumée qui l'empêche de distinguer qui que ce soit. Ola Fattal, syrienne, émigrée depuis deux générations, qui porte son nom avec panache. De longs cheveux noirs que sa main recoiffe régulièrement pour dégager son visage en ovale, les yeux verts en amande qui se posent sur vous pour ne plus vous quitter.

Et, bien sûr, Eytan.

La ponctualité n'est pas son fort. Eytan arrive souvent avec plusieurs jours de retard, ce qui rend maman folle, avec ses menus, ses surprises, le lit à défaire qui doit être prêt sur-le-champ. Maman guette son frère comme elle attend le ferry. Elle ne tient plus en place. Elle lui envoie des messsages et ne supporte pas qu'il ne réponde pas dans la seconde. Elle descend même au port avec Abigale sans être certaine qu'il soit là. Elle réveille papa de sa sieste, bouscule Ernesto Alarcon sur son chemin, ignore Yudel Mora et son panama qu'il soulève légèrement sur son passage, le vexant profondément, et refuse la tasse de thé que lui propose la baronne pour tenter en vain de la calmer. De son enfance à Herzliya avec Eytan, je ne sais presque rien. Maman déteste parler du passé. Elle dit souvent : « On ne marche pas en reculant. » Papa regarde le ciel quand j'essaie d'en savoir davantage. Je sais que son prénom, Alina, veut dire « suprême ». Maman est bien au-dessus de tout. Elle nous gouverne à sa guise. Ola Fattal m'a fait jurer de ne jamais parler du secret révélé. Je n'aime pas jurer, ceux qui le font ne tiennent jamais leur promesse. Eytan me le répète suffisamment, sa pensée est mienne. La Syrienne a vécu tout près d'Herzliya. Tout se sait, le monde tient dans une main : les parents de maman et d'Eytan se sont noyés lors d'un voyage au Mexique sur l'île d'Hidden Beach. Ola m'a dit que les militaires mexicains avaient l'habitude d'utiliser cette île pour des essais nucléaires. De la part de maman, plus rien ne m'étonne. Un grain de folie qui charme tous ceux qui l'approchent. Elle oublie souvent de boutonner ses robes. Elle perd régulièrement son portable. Elle brise les talons de ses escarpins sur les sentiers pentus de Lipari. Elle confond les prénoms de ses invités ou leur en invente un plus exotique. Elle déteste avoir tort et surtout qu'on la reprenne. Elle porte ses lunettes de soleil quand elle regarde un film. Et elle adore Eytan. Deux orphelins aux parents noyés dont on ne parle jamais. *On ne marche pas en reculant*. Je comprends mieux pourquoi maman refuse de se baigner. Elle voit toujours la mer comme une rivale. Elle dit que l'eau est trop froide et personne n'ose l'évidence. Je la crois capable du pire sinon. Ses yeux bleus sont plus perçants qu'un poignard affûté. Même papa file doux, tout en la suivant du regard. Il accepte tout d'elle. Il en est fou.

Eytan arrive. Le message confirme le bateau de seize heures trente. Les femmes se rejoignent au port. La baronne porte un tailleur de soie gris perle, sous une capeline marine dont les larges bords ombrent son visage. Abigale, la vendeuse de fruits, a préféré une robe de plage, très échancrée sur ses bras caramel. Ola Fattal est habillée avec sa couleur préférée, l'olive, qui fait ressortir ses traits foncés. Les hommes se retournent sur elle. Maman est en short blanc et a emprunté une chemise de papa, trop grande pour elle, que le vent du port soulève sur son passage. On reconnaît Eytan facilement parmi les passagers, il mesure deux mètres. Ses yeux bruns sont cachés par d'épaisses lunettes de soleil. Ils sont magnifiques sans, éclats verts dans l'iris, regard doux et pénétrant. Son front est haut, ses sourcils épais, son nez fin. Sa barbe noire, bouclée et parsemée de poils blancs, comme ses cheveux bruns. Maman les lui arrache un par un sur la plage. Eytan se laisse faire, tout en criant à chaque fois, pour de faux. Il porte son sac à l'épaule, remonte ses lunettes sur le haut de sa tête et sourit en nous apercevant. Quand il fait ça, tout son visage s'illumine, on ne peut que l'aimer. Je suis caché derrière la baronne. Je n'ai aucun mérite, ses formes sont avantageuses. Je sais qu'il me remarquera en dernier. Cela me permet de mieux l'observer. Les femmes tournent autour de lui comme le refrain entêtant d'une chanson. Elles s'accrochent à son bras, se retiennent à son épaule, rougissent comme une *red delicious*. Elles feraient n'importe quoi pour retenir son attention. Seulement voilà, Eytan est marié à Aysuda. Née à Izmir, sa femme se plaît entre Paris et Berlin. Eytan la dit farouche et belle. Les photos sur son portable ne laissent aucun doute. Eytan a épousé la plus jolie créature du monde. Il porte à l'annulaire gauche une alliance carrée. Il jurerait bien par Aysuda, mais il sait qu'il ne tiendrait pas ses promesses. Aysuda n'apparaît qu'en photos. Je ne l'ai jamais rencontrée. Eytan et Aysuda s'écrivent de nombreux textos dans la journée. Eytan lui envoie aussi des images de Lipari, les carrières de pierre ponce et d'obsidienne entre Capo Rosso et Porticello, la baronne et lui jouant au tennis, maman et moi tirant la langue, rien de préjudiciable au regard de l'épouse farouche.

Je suis encore trop jeune pour l'amour, mais tomber amoureux est un sentiment si vertigineux que j'en mesure le danger. Aysuda aussi, sûrement. Elle le laisse venir ici à Lipari où tout est léger, du vent aux robes qui tournoient dans l'ivresse de l'île. Eytan dit qu'elle ne supporte pas la chaleur. Elle n'a pas envie de voir le désir qu'il suscite dans le regard des femmes et auquel il n'est pas indifférent.

Je vous ai entendus, toi et maman, discuter sur la terrasse le soir, la villa presque endormie. Je vous observais de la fenêtre de ma chambre. Maman subjuguée par toutes ces conquêtes, exigeant le détail, riants yeux et bouche, si jeune avec toi, amusée, heureuse, si loin des jeux de bridge avec Anja, Ernesto et Yudel, pendant lesquels son humeur changeante l'attire irrémédiablement vers la mer, bouffée de tristesse dans ses yeux bleus qu'elle chasse en les fermant un instant. Les femmes d'Eytan, entre vos rires, paradent dans ma mémoire. Une blonde tout en douceur qui visionne des films danois sur son ordinateur. Une rousse moldave qui lit l'avenir dans le fond d'un verre de vin. Une brune lituanienne qui jure comme un marin. Clara, Franziska, Sophie, Amandine, Marnie, Elisa, Astar, Ava, Reem, Nooda, Carmela, Consuelo, Kerstin. Un tourbillon de jupons dans ton regard de gredin. Maman hilare, du champagne frais dans vos coupes, toi Eytan, la tête renversée ; tu pourrais presque me voir si tu y prêtais attention. Aysuda est loin, l'été est là. Déjà Abigale Cook, la vendeuse de fruits, te plaît, tu caresses son prénom quand tu le prononces. Maman l'a choisie pour toi, comme un abricot qui éclate sous la saveur. Elle connaît tes goûts depuis toutes ces terrasses où tu te confies à Lipari et ailleurs. Abigale, une promesse sous le regard indifférent de papa et des invités de maman. Je la soupçonne de vivre tes aventures par procuration. Maman si sage en apparence. Papa ne permettrait à quiconque de la regarder comme il le fait. Il serait capable du pire si maman prenait un amant. Les verres, les cigarettes aussi, parfois, échappent des mains de sa femme. Mais quand tu es là, elle n'est plus la même. Elle rit de tout, avec toi ou Ernesto qui s'imagine en séducteur et bombe le torse, Anja laisse à son tour échapper un petit rire fluet qui s'évanouit dans l'air tiède, Yudel réajuste son panama et danserait des claquettes s'il savait, Ola mesure soudain l'ampleur des yeux bleus d'Alina et recule légèrement, décontenancée. En fait Eytan te rend belle, maman. Et je crois qu'il rend belles toutes les femmes qui l'approchent. Son humeur rayonne comme ces lumières de fin de journée qui éclairent paysage et visages, tout en les incendiant. Ce n'est pas seulement une affaire de séduction. Ce qu'Eytan donne de lui se propage en faisceaux lumineux. Toute personne qui le fréquente devient meilleure.

Je le pense sincère quand il s'abandonne. Aysuda le sait bien, elle est toujours sa femme. Elle laisse son fil d'Ariane ramener Eytan à Paris ou à Berlin, loin des tentations. Eytan dîne avec Aysuda, face au mur d'un restaurant pour ne pas se laisser distraire par la rue, ces jolies femmes au pas hésitant et nonchalant, qui se retourneraient volontiers sur le sourire de ce bel inconnu. Lui est tout à elle. Je le sais, vous en avez discuté maman et toi sur le marché de Lipari. Rien ne m'échappe, Eytan, tu me fascines autant que maman. Et je ne suis pas le même non plus quand tu es là. Tu viens de me découvrir derrière la baronne, tu déposes ton sac, et me soulèves contre toi comme si j'étais ton fils. Papa ne l'a jamais fait. Il ébouriffe mes cheveux et je ne sais pas comment lui dire combien je déteste ça. Nous irons boire des verres au port. Je te dirai que je suis tombé amoureux d'Appia, à Lipari. Elle travaille à la gare maritime. Brune avec des cheveux très courts, un tatouage sur l'épaule gauche, inquiétant papillon bleu qui m'attire tout comme ses yeux noirs quand ils tombent sur moi et me sondent une seconde. Je ne suis pas sûr de vouloir te la présenter, car rien avec toi n'est affaire de seconde. Et Appia comme toutes les fleurs de cette île se laisserait cueillir par ton regard.

Le soir, à la lueur des chandelles, des couverts en argent et des verres en cristal, les conversations s'étirent comme la nuit qui tarde à s'obscurcir. Maman, assise à côté d'Eytan, lui raconte à l'oreille toutes sortes de secrets que nous ne saurons jamais. Ce doit être sérieux, ils ne rient pas. Maman regarde Eytan et personne d'autre. Mon oncle acquiesce souvent. C'est un homme poli. Il ne ferait pas de mal à une mouche. Mais à toutes ces femmes qui disparaissent dans le souvenir ? Je sais qu'Aysuda pleure parfois au téléphone et qu'il la console de mots murmurés, de longs silences pour l'entendre se plaindre de ce texto envoyé par erreur, un rendez-vous sur la *Spiaggia Valle i Mura* à une heure où tous les nageurs sont rentrés. Le géant se fait petit, ses yeux se ferment, il déteste tant blesser Aysuda et tous ces jolis minois qui entrent dans sa vie. Il faut de la rondeur, de la légèreté, donner le sentiment à chaque personne qu'elle est unique pour enfin entendre un sourire dans la voix d'Aysuda, et tourner vite la page, comme un livre lu à la hâte. Les sensations fortes s'estompent, le cœur reprend son pouls mortel. Eytan ne promet rien, juste un moment d'émotions nues, portable coupé, Aysuda disparaissant dedans. Abigale ce soir est agacée par les apartés d'Eytan et d'Alina. Cela se voit à sa main qui pianote sur la table. Elle est jolie dans sa robe en voile de coton et ses cheveux défaits que la lumière des chandelles irise. Elle est assise près de papa qui ne sait pas quoi lui dire, alors il se tait. De toute façon, il n'a pas quitté maman des yeux, comme s'ils étaient seuls à cette table. Les autres convives l'épuisent, ses siestes à toute heure du jour le sauvent. Avec Eytan, il se hisse sur les pieds. Ce géant le perturbe. Lui aussi aime Eytan. Ils marchent des heures le long des plages à ramasser des galets et à escalader les rochers. Papa n'est plus tout à fait le même quand Eytan est là. Les siestes se font plus courtes. Son rire, plus sonore, ce qui fait sursauter maman. Parfois même il passe son bras sur l'épaule d'Eytan, ce qu'il ne fait qu'à maman.

Ola se lève de table. Ernesto Alarcon et sa conversation à propos de la gestion des dépôts d'argent l'ont achevée. Je le sais, je suis assis à côté du banquier qui me regarde comme une pièce d'un cent. C'est dire l'intérêt qu'il me porte. Ola s'appuie contre un arbre et allume une cigarette. Elle regarde la nuit qui se découpe comme un paysage dentelé. Eytan la rejoint. Maman les observe et, distraite, laisse échapper sa coupe de champagne qui se renverse sur la nappe blanche. Elle jette sa serviette sur l'auréole, s'adresse à la baronne en l'appelant Magdalena. Abigale s'excuse, elle se sent si fatiguée, la plage sans doute, elle nous embrasse tous du bout des doigts et disparaît. Elle doit se demander ce qu'elle fait là, dans cette villa trop grande, vendeuse de fruits, c'était un job d'été, et maman qui la trouve si jolie, adore son accent américain et se moque bien de savoir que sa mère est française. Abigale sur ses pieds nus arpentant la terrasse, son petit nez chiffon, ses yeux gris, se fondant dans le décor, goûtant à tout, le *cannolo* et sa coquille fourrée de crème et de ricotta, le raisin noir qui éclate sous la dent, mon sourire qui lui rend le sien. Elle aime danser, rentrer à l'aube, être amoureuse. Elle me l'a dit un soir, ses jambes allongées sur le banc, ses mains recoiffant ses mèches blondes. Je lui ai parlé d'Appia et de son tatouage sur l'épaule gauche, elle m'a montré le sien, en haut de la cuisse, un psaume bouddhiste gravé par un prêtre brahmane en Asie, avec un fiancé qui n'est pas resté, contrairement au tatouage. Elle dit que le tatouage est la seule chose de permanent dans sa vie, que tous les hommes qu'elle a connus l'ont quittée. Elle dit ça en souriant, car ce tatouage est *magique* et la protège. Puis elle me demande de lui parler d'Eytan. Il m'a semblé entendre une fêlure dans sa voix, j'en ai frémi. On ne devrait pas capturer les papillons ni les poissons avec un filet. Eytan vit l'instant intensément, mais Aysuda est son permanent à lui, ce qui l'ancre à sa vie, à ses émotions, la preuve évidente qu'il est en vie. Chacun d'entre nous le veut un peu pour lui, mais Eytan n'appartient à personne. Même pas à Aysuda. Cette nuit, il est resté avec Ola sur la terrasse, je les ai regardés un moment de ma fenêtre. Le regard d'Ola se perdait dans celui d'Eytan. Ils parlaient tout bas, je me suis couché. J'ai écouté un peu de musique au casque et me suis endormi sur leurs silhouettes s'éloignant de la villa, tous deux seuls au monde. Je pensais à Eytan m'accompagnant à la plage, ses sandales, son vieux short, un tee-shirt gris délavé sur lequel on peut lire *ending silence*, son corps imposant, ses bourrades affectueuses à l'épaule et au ventre, et moi rougissant, ému peut-être par cet oncle si vivant avec lequel je courais vers la plage. Nous avons nagé longtemps ensemble, une brasse coulée vers l'horizon sur une mer aussi calme qu'un lac, nos têtes surgissant de l'eau et moi le guettant tandis qu'il reprenait sa respiration. Le visage d'Appia est resté suspendu dans mon demi-sommeil, flottant dans mes rêves, ses yeux noirs rivés aux miens, sa main que j'avais saisie derrière le guichet et cette chaleur simple qui en émanait. Je me suis réveillé en pleine nuit et je suis allé à ma fenêtre, laissée ouverte. Eytan et Ola remontaient de la plage. Eytan seulement vêtu d'une serviette, Ola portant sa chemise nouée sur le ventre, les cheveux mouillés. Je ne voyais qu'Eytan. Il tenait la main d'Ola, une force incroyable se dégageait de sa présence. Son torse luisait sous la lune. J'ai pensé à papa, à son corps rondelet, à sa manière de m'ébouriffer les cheveux.

Cette nuit-là, j'aurais voulu qu'Eytan soit mon père et que nous n'attendions pas l'été pour nous voir autant. Quand on est adolescent, on a hâte d'être plus grand, de se débarrasser de ce corps ingrat qui n'en finit pas de muer, de ce mal de peau qu'on aimerait arracher pour accélérer le temps. Je suis plutôt silencieux, même si je me retiens souvent de crier. Mais je sais observer, écouter, comprendre les silences. Je suis comme la sentinelle, je fais le guet, rien ne m'échappe. Je connais bien Eytan. Jamais il ne ferait de mal à personne. Ni aux mouches ni aux femmes. Mais nous sommes tous faillibles, nos cheminements de pensée sont différents, ce que nous pardonnons à Eytan peut briser une vie. Maman est restée longtemps à table après le départ d'Eytan et d'Ola. Elle a bu trop de champagne, a plaisanté sur la musique folklorique autrichienne, laissant la baronne sans voix, la bouche ouverte, permettant aux moustiques de trouver un abri confortable. Elle s'est intéressée aux affaires de Yudel en le surnommant Antuan tout au long de la conversation. Papa a mis un peu de musique cubaine qui s'échappait par les fenêtres du salon, et a donné envie à maman de danser. Elle a invité Antuan qui a accroché sa veste au siège et a entraîné maman au son de la salsa sous son panama au bandeau végétal. Pas une seule fois, il ne s'est permis de la reprendre. Ernesto s'est emparé de la main de la baronne qui a protesté pour la forme et émis un petit rire en cascade qui m'a fait penser aux ânes de Lipari. Papa et moi sommes restés à table. J'aurais bien dansé avec Abigale, même si je ne suis pas très doué. Et Appia bien sûr, mais elle n'est pas encore venue à la villa. Avec Eytan aussi, l'été dernier, il m'a appris le rock. Il m'a dit que les filles adoraient cela. Je n'en suis pas certain. Peut-être les filles que fréquente Eytan, celles qui lisent l'avenir dans le fond d'un verre de vin ou regardent des films danois sur ordinateur. Maman dansait pieds nus, l'œil de papa sur elle, comme s'il prenait des photos de sa femme par milliers. Puis la nuit nous a tous recouverts, maman s'est appuyée à l'épaule de papa et, juste avant d'entrer dans la villa, elle s'est retournée en regardant loin devant, comme si elle cherchait Eytan et Ola, ou peut-être sa rivale, la mer fondue dans le paysage nocturne, invisible à ses yeux.

Abigale me prend la main et m'entraîne à Marina Corta, un port de Lipari d'où partent de petites embarcations. Elle s'est assise sur une coque bleu et blanc. Sa bouche n'a rien dessiné, ses yeux semblent pâles, elle glisse une mèche blonde derrière son oreille, retire ses souliers plats qui dessinent un V sur le béton du port. Elle dit enfin qu'elle ne va pas rester à la villa et ne sait pas comment en parler à Alina. Toutes ces barques la tentent, elle monterait volontiers sur l'une d'elles, et s'en irait à Salina ou Panarea. Elle aime les marchés et les cafés, elle y rencontre souvent ses fiancés, des hommes qui lui volent son cœur, des voyous aux cheveux courts qui lui promettent de l'aimer toujours. Elle rit quand elle dit « voyous », un mot qui lui fait monter le rouge aux joues et pencher la tête. Je lui demande de rester à la villa. Je pense à Eytan, à son regard ce matin, lunettes sur le front, plissant les yeux pour mieux observer Abigale aspirant, à la paille, un *granit* à l'amande, Ola, belle endormie à midi, maman les bras croisés ne se souvenant plus de ce qu'elle venait chercher sur cette terrasse ensoleillée. Eytan sûrement, mais je le garde pour moi. Abigale me mate, elle joue avec le V de ses chaussures, ses yeux me disent que je pourrais être un voyou dans une dizaine d'années. Elle fait la moue, jette un regard sur l'église des Âmes-du-Purgatoire, veillant sur ce port, et dit que la vie ne tient jamais ses promesses. Puis elle glisse un pied dans l'un de ses escarpins et me parle d'Eytan. Elle n'est pas habituée à ce genre d'homme. Les voyous la rassurent, elle sait qu'ils ne lui apprendront rien de la vie. Mais ce colosse lui briserait le cœur en une fraction de seconde si elle s'aventurait sur ses pas. Ce n'est pas le fait qu'il soit marié qui dérange Abigale, ses fiancés l'étaient souvent avant de s'en retourner chez eux, mais cette force qui émane de son visage, de son corps, de son regard qui la transperce mieux qu'une épée. Elle dit qu'Eytan est dangereux, mais que lui, l'ignore encore. Elle a connu autrefois un Français qui ne promettait ni ne jurait, un beau garçon aussi vibrant qu'Eytan, vivant ses émotions, souriant pour un rien, une énergie folle dans sa manière de marcher, de parler, un visage qu'elle prenait entre ses mains de peur qu'il lui échappe, elle est tombée amoureuse, oubliant tout. Elle n'en a pas saisi l'intensité. Quand ce Français s'en est allé, la terre s'est ouverte sous ses pieds, elle a cru n'en jamais remonter. C'est pour cela qu'elle veut partir à Salina ou à Panarea. Je devrais l'encourager à fuir, personne ne connaît aussi bien Eytan que moi. Mais je ne fais rien. Je dépose un baiser sur sa joue, prends sa main, et nous rentrons à la villa.

Tout adolescent a besoin d'un modèle. Papa est un homme bon et plus fin qu'il n'y paraît. Je l'aime bien, même si je ne tiens pas à lui ressembler. Quand je suis triste, je vais voir maman. Ses méthodes sont imparables. Elle déteste qu'on se plaigne. Et mes chagrins d'adolescent la font sourire. Elle pose ses doigts sous mon menton et me relève la tête. « Ne laisse jamais personne te faire du mal », me dit-elle en sondant mon regard. Quand enfin je me déride, ses beaux yeux bleus m'abandonnent. Mais celui à qui je dis tout c'est Eytan. Je l'écoute comme si ma vie en dépendait. Eytan est si bienveillant avec moi. Il s'intéresse à mes problèmes qui n'en sont pas, il les résout d'une phrase, sauf en ce qui concerne les filles. Il rapproche sa chaise de la mienne, tend l'oreille, prend un air pensif, se caresse la barbe, sourit de ma maladresse, parler des filles n'est pas mon fort mais le sien. Rien ne lui échappe, il se souvient toujours des prénoms et me demande où j'en suis avec Yumi ou Chloé. Je ne suis pas Eytan, je n'ai rien d'un séducteur. Je tourne autour des filles comme si je cherchais à mesurer la distance qui nous rapproche. J'attends d'être sûr de leur plaire avant de les embrasser. Je ne vais pas plus loin. « Ne laisse jamais personne te faire du mal », dit maman. Je l'écoute aussi.

Maman est descendue à la plage. C'est assez inhabituel pour la suivre. Elle reste plutôt sur la terrasse à lire un roman sous le bougainvillier. Parfois elle rejoint papa et partage sa sieste. Ou elle joue au bridge avec la baronne, Ola, l'homme au panama et le banquier au cigare qui se voit dans l'obligation de fermer sa bouche arrondie et de laisser son havane dans l'étui. Abigale préfère la mer, le corps allongé, mordu par le soleil, et le goût du sel sur sa peau. Ola ne parle d'Eytan à personne, je suis le seul sur cette terrasse qui aimerait bien savoir. Elle fume sa cigarette le soir, contre un arbre, mais Eytan ne vient plus la rejoindre. Ils se tiennent parfois la main, se frôlent, se murmurent des mots sourds qui font rire Ola. Le matin, Eytan attrape sa serviette de plage, vêtu seulement de son vieux short et part retrouver Abigale. Jamais je n'aurais dû lui dire en rentrant du port qu'elle semblait amoureuse de lui. Ses yeux se sont agrandis, éclats verts s'éparpillant dans l'iris comme si tout cela lui avait échappé. Je sais bien que non. Son regard a fondu sur Abigale dès la descente du bateau. Les doigts d'Abigale pianotant sur la table, il le sait aussi, mais ce soir-là, sa préférence s'appelait Ola. C'est là l'étonnant paradoxe d'Eytan. Chaque femme compte dans un ordre aléatoire que lui seul décide. Maman s'avance sur le sable et les observe. Quand elle se retourne, je vois que ses yeux bleus sont fâchés, et pour une fois la mer n'y est pour rien. Eytan et Abigale s'embrassent, aussi isolés que moi avec mon casque quand la musique prend le pas sur tout. Sur la plage, à quelques mètres, des gens déambulent d'un rocher à l'autre, des enfants jouent au bord de l'eau, un couple s'avance lentement dans la mer, d'autres se baignent, et plus loin l'horizon scintille, balayé par le soleil. Maman m'attrape la main et m'entraîne loin du baiser d'Eytan. C'est pourtant ce qu'elle souhaitait, cette jolie blonde aux yeux gris dans les bras d'Eytan. Elle refuse d'en parler avec moi, je suis bien trop jeune. Sa robe de plage s'est entrouverte. Les trois boutons du haut sont défaits. Elle jette un dernier regard vers la mer, tous les malheurs viennent de là, de ses parents noyés à Eytan embrassant Abigale. Le paradoxe des adultes qui veulent tout et son contraire.

Ce soir Eytan s'éloigne de nous. Aysuda a essayé de le joindre plusieurs fois. Elle déteste tomber sur sa messagerie. Elle ne dit jamais rien après le bip sonore, elle sait les mots blessants pour celle qui les prononce et celui qui les écoute. Elle aimerait qu'Eytan la rappelle dans la seconde, comme maman. Le regard d'Eytan s'arrondit. Le portable à l'oreille, il parle doucement, tente de calmer la tempête. Je ne le crois pas capable de mentir. Peut-être profite-t-il parfois du silence qui, dans la conversation, permet à Aysuda d'imaginer ce qui l'arrange. Garder pour soi l'inavouable, ne pas prononcer le prénom qui fait battre son cœur, chercher les phrases qui rassurent, sincères, vraies, toute l'illusion d'Eytan tient en ces mots. Le mal est fait.

Personne ne sait ce qui a été dit, Eytan ne se confie pas à maman en reprenant sa place parmi nous. La légèreté de l'été s'en est allée, son visage, un instant, est blême. Abigale se ronge les doigts, ses yeux gris n'attrapent pas son regard. Eytan nous annonce son départ par le premier bateau du matin. Maman renverse son verre de vin sur la nappe blanche. La baronne qui n'a rien entendu propose un toast aux merveilleux hôtes de cette villa. Elle est la seule à lever son verre. Ola fixe un point à l'horizon. Elle n'a pas cherché à se rapprocher davantage d'Eytan. Elle ne tient pas à tomber amoureuse. Ou elle tente, peut-être, de se rappeler la plage cette nuit-là. Yudel s'évente avec son panama. Le banquier en profite pour allumer son cigare, ne rien voir derrière la fumée du havane est idéal en cet instant. Papa se lève, passe un bras sur les épaules de sa femme encore assise, lui murmure quelques mots à l'oreille. La bouche de maman tremble un peu, les phrases qui en sortent sont incompréhensibles. Abigale se rapproche d'Eytan. Elle veut savoir ce qu'elle va devenir sans lui. Elle en tremble soudain, elle comprend que le danger est là, celui qu'elle redoutait tant, pire que tous ces voyous qui lui volaient son cœur. Elle recule lentement, comme si elle renonçait soudain à Eytan, me bouscule tandis que je prends sa main. Ses yeux gris sont égarés, elle me regarde comme si je n'étais qu'un enfant et, sans réfléchir, je l'embrasse comme Eytan, moi qui attends d'être sûr de plaire aux filles avant de les étreindre.

Abigale m'a giflé. Maman m'ordonne de filer dans ma chambre. Papa regarde le ciel. Eytan me sourit. Dans ses yeux je lui emprunte un peu d'insouciance et je quitte la scène. Je reste à ma fenêtre. Peu à peu, la terrasse se vide. Eytan et Abigale partent en dernier. Ils se frôlent l'épaule, puis le bras d'Eytan enserre la taille d'Abigale et toutes les lumières s'éteignent. Je me suis assoupi, je rêve d'Appia, je l'embrasse. Mon corps se transforme, je suis Eytan dans ses bras. Le rire d'Abigale me réveille. C'est bien elle sur la terrasse, éclairée par la pleine lune. Elle esquisse quelques pas et tend le bras. Eytan saisit sa main et l'attire contre lui. Demain Eytan sera loin et se rapprochera d'Aysuda. Il sait qu'il lui faudra du temps pour qu'il regagne sa confiance, que toutes ces femmes disparaissent, que les soupçons s'effacent comme chiffon au tableau, qu'ils ne soient plus que deux, ensemble, sans tous ces regards qui ne laissent pas Eytan indifférent. Après tout, il n'a rien dit à Aysuda. Elle ne l'a pas surpris sur la plage. Eytan a suffisamment de légèreté et de gravité pour reprendre la situation en main. Il s'en retourne auprès d'Aysuda pour ne pas franchir, peut-être, les limites qu'il s'est imposées. Même si le danger lui plaît : cette ultime émotion dont Eytan se rapproche consciemment. Comme le pied qui fatigue la terre au bord d'une falaise. Le pire des abîmes, Eytan le sait, ne vient pas de lui. L'engouement de ses conquêtes n'a aucune frontière. Maman l'a protégé plus d'une fois en appelant Aysuda. Le mensonge ne l'a jamais révoltée, contrairement à son frère.

Abigale ne veut pas savoir, elle sait que cette dernière nuit lui appartient, que la femme d'Eytan est un concept, elle ne veut pas savoir à quoi elle ressemble, elle ne veut pas entendre son nom. Tous les voyous dans sa vie ne lui ont jamais parlé d'eux loin d'elle. Même le Français a disparu sans qu'elle sache pourquoi. Elle chasse le passé et l'avenir. Elle veut vivre dans l'instant auprès d'Eytan, elle sait maintenant comment lui plaire. Elle est protégée par son tatouage, elle ignore encore qu'Eytan va s'imprimer en elle bien plus profondément que le psaume.

Abigale lève les yeux vers moi, elle m'aperçoit, immobile à la fenêtre. Elle me sourit enfin, ses yeux gris me pardonnent, demain nous irons à la plage ou nous retournerons à Marina Corta. Eytan aussi m'observe. Ses yeux roulent comme des boules de loto, ses lèvres se gonflent, puis il éclate de rire et me fait un signe de la main avant de se fondre dans la nuit avec Abigale.

Enfants de cœur

Il pleut. Et moi, les jours où il pleut, je suis les gens dans la rue pour voir où ils vont. Je m'abrite avec eux sous les portes cochères et je leur souris. C'est fou, mais quand je souris aux gens les jours de pluie, ou les autres, eux ne me sourient pas. Ils regardent leurs chaussures ou la pluie dehors. Ou alors ils me dévisagent avec crainte comme si je n'étais pas normal. Ils n'ont pas tout à fait tort. Quand j'étais plus petit, Olivia, ma nounou, m'appelait Dingo. Tout ça parce que j'aimais mettre les doigts dans les prises pour faire sauter les plombs de la maison. Ça me chatouillait de partout juste avant le noir total. J'aime bien le noir. On ne voit rien, on devine. On fait peur aux autres. On invente. Tout est possible comme dans un rêve étrange où tout le monde m'aimerait et me le dirait. Je me cachais derrière une porte, j'attendais que le parfum fleuri d'Olivia me caresse les narines et après mon cri, j'entendais le sien, avant qu'elle ne lâche le plateau avec le dîner de maman dessus. Maman reste au lit jour et nuit. Elle est très malade. Elle a des tuyaux de partout et c'est Olivia qui la fait manger à la cuillère. Avant, j'avais un chien qui s'appelait Museau. Un chien des rues qui me suivait tout le temps. Il dormait dans mon lit sous les couvertures de laine qui grattent la peau. Je lui donnais souvent le dîner de maman qui ne mangeait rien et Museau nettoyait la vaisselle comme neuve. Et puis Museau m'a quitté. Ce n'est pas drôle de vivre dans une maison qui ne sent pas le propre. Et tout est tellement plus excitant dehors. Olivia est partie. Plus personne ne la payait. Et puis maman aussi. Enfin, elle n'a pas bougé du lit. Elle a juste ouvert grands ses yeux et moi, je les ai refermés comme dans les films. Et je suis sorti dans la rue sans trop savoir où aller. J'ai essayé les jardins d'enfants, mais ce n'était pas une bonne idée. Les enfants font des pâtés avec du sable qui n'est pas celui de la mer. Là où mon papa m'a emmené quand on ne m'appelait pas encore Dingo. Alors j'ai tout piétiné et une grosse dame m'a dit des mots méchants et je suis parti en courant. Je n'avais pas peur, les gros ne peuvent pas me rattraper.

Quand le soir tombe, ça va mieux. Je couche sous les ponts avec ceux qui dorment même le jour. Ça me rappelle maman, mais sans les tuyaux. Toujours avec cette odeur étrange qui pique le nez, une odeur de pas propre. Quand j'ai faim, je vais près des grands restaurants, et dans leurs poubelles je trouve des tas de bonnes choses. Des fois, je regarde les gens dans le restaurant, caché derrière la poubelle. Souvent, ils mangent en silence. Si les gens n'ont rien à se dire, pourquoi être deux ? En plus ils laissent des assiettes pleines comme si le silence entre eux leur coupait l'appétit. Avec un peu de chance, c'est moi qui finirai tout.

Et puis j'ai rencontré Lulu. De grands yeux bleus comme le ciel quand il est de bonne humeur. Et des cheveux blonds comme le jour qui se lève sur le pont où je me réveille. La première fois, Lulu m'a regardé avec un point d'interrogation dans son ciel bleu. J'avais beau me laver avec l'eau des trottoirs et le savon que je volais dans les grands hôtels, je n'étais pas bien propre. Mes vêtements surtout étaient tout déchirés. Je l'ai suivie un jour de beau temps. Elle est entrée dans une belle maison avec une dame qui lui tenait la main. J'ai dormi toute la nuit devant cette porte rouge avec une tête de lion comme poignée. Je n'ai pas osé frapper. Au petit matin, Lulu a surgi la première et elle m'a souri. Elle m'a offert un croissant qu'elle a sorti de sa poche et elle s'est assise à côté de moi. Je lui ai pris la main et on a couru très vite jusqu'au pont où je dors, et je lui ai présenté tous mes amis qui ont grogné en levant la main. Je lui ai appris à se laver avec l'eau des trottoirs et les savons des grands hôtels. On est allés chercher de la nourriture dans les poubelles des grands restaurants. Les jours de pluie, on s'amuse à sauter dans les flaques. Des fois on reste sur le bord du trottoir juste pour se faire arroser par les voitures qui ne ralentissent pas, comme si le monsieur qui conduit ne nous avait pas vus. Et puis Lulu m'a dit que sa maison et son papa lui manquaient et on a cogné ensemble la tête de lion sur la porte rouge. Une dame nous a ouvert en levant les bras au ciel. Elle avait l'air super contente. Moi je pensais que Lulu allait se faire disputer, mais non. Le papa de Lulu ne quitte pas sa chambre. Comme maman il a des tuyaux de partout. Dommage que maman soit partie, ils auraient pu devenir copains. Dans la maison à la porte rouge tout sent bon. La dame qui levait les bras au ciel fait aussi de jolis bouquets de fleurs et brûle des bougies qui sentent l'herbe coupée. Ma chambre communique par une porte toujours ouverte avec celle de Lulu. Des fois on dort ensemble. D'autres nuits on retourne sous les ponts. J'ai de beaux habits tout propres que je peux salir autant que je veux. J'ai dit à Lulu que mon chien Museau me manquait. Elle a fait comme si elle n'avait rien entendu et un soir, dans la maison rouge, le gros paquet blanc m'attendait sur mon lit avec un chien noir dedans. Je l'ai appelé Vagabond. Ce chien adore nous lécher comme si on était des glaces au chocolat. Les jours de pluie, Vagabond se roule dans les flaques d'eau. Et la nuit, il vient se glisser sous la couverture pour dormir contre moi. Des fois, Lulu aussi, et c'est mieux qu'un radiateur. Je suis tout chaud comme un pain au chocolat. Et la nuit, quand tout le monde dort sauf moi, je pense à maman et à papa. J'espère que maman n'est plus à la maison et que les nouveaux occupants font brûler des bougies qui sentent l'herbe coupée. Je ne sais pas où vit papa. Il est parti depuis longtemps avec une femme plus jeune que maman dans un pays très lointain. Alors dans le noir, j'essaye de les imaginer ensemble, au bord de la mer, dans une belle maison avec une porte rouge et une tête de lion comme poignée. Et puis je m'endors contre Vagabond et Lulu, et plus rien n'a d'importance.

Julian

On ne connaît que son prénom. Julian. Sa maison est perchée à la pointe de l'île. Le facteur ne s'y rend jamais, pas une seule lettre dans sa sacoche pour ce solitaire qui salue de la tête et retient son sourire. De toute façon, les gens se moquent bien de savoir qui est Julian. Il fait partie du décor, des palmiers exubérants, des pluies diluviennes, du soleil qui sèche la terre et la craquelle. Il fait ses courses une fois par semaine. De la salade, des légumes et des fruits. De la viande rouge ou blanche. Jamais de poissons. Il déteste ce qui vient de la mer. Une bouteille de vin et des bières qu'il remonte à la pointe de l'île, à plusieurs kilomètres à pied du centre. C'est un bel homme. Les femmes se retournent sur son passage. Elles lui feraient les yeux doux, mais il fronce les sourcils bien avant. Il mesure au moins deux mètres et son corps d'ours pèse une centaine de kilos. Sa barbe est bien taillée, ses oreilles petites et plantées comme deux coquillages nacrés. Je le vois ôter ses vêtements et nager autour de la pointe. Je l'épie. Je sais que je ne devrais pas, mais à quatorze ans on est encore curieuse, pas comme toutes ces vieilles baleines échouées que maman aime recevoir à la maison et qui ouvrent la bouche pour ne rien dire.

Papa est mort depuis quelques mois d'une maladie dégénérative. Je me souviens peu de lui. Il a passé beaucoup de temps à l'hôpital. Maman pense que ce n'est pas un endroit pour moi. Et puis elle n'aime ni les souvenirs ni les photos. Elle dit que ça tue la mémoire. Je ne comprends pas ce que ça veut dire. Je me rappelle sa moustache à lui, qui me piquait les joues. Le bleu de ses yeux emprunté à l'île les jours de beau temps. Maman a eu envie de changer de vie et de quitter l'Angleterre. Pour une île de l'océan Indien, où il n'y a rien à faire, sinon épier Julian et s'abriter sous les filaos, les jours de pluie. Je m'appelle Christie. La pluie, je connais. Le soleil, un peu moins. Ici, il cogne fort. Sa bouche est énorme, elle avale et dessèche tout sur son passage. Les peaux deviennent cuivrées comme un coucher de soleil qui se répand dans le ciel.

Julian sort de l'eau, passe sa main dans ses cheveux bruns et enfile un vieux short et rien d'autre. Il doit avoir l'âge de mon père, peut-être même sa carrure, mais tout est si flou. Au supermarché, j'essaye d'attraper son regard, je me hisse sur la pointe des pieds, j'arrive à peine à sa poitrine. Ses yeux glissent sur moi comme si je n'étais qu'un courant d'air. Il me sourit quand même. Mais son sourire se referme comme le sac de maman, d'un coup sec. Maman me fait les gros yeux. Elle n'aime pas que je parle à tous les inconnus que je croise. Elle me dit qu'un jour je serai amoureuse et que tout changera. Elle dit ça comme elle dirait passe-moi le sel : ça manque de conviction. Maman a été amoureuse de papa, j'en suis la preuve. Et une vilaine maladie l'a emporté. On a attendu des semaines avant de faire nos valises et d'emmener tout cet amour perdu avec nous. Car sous les tropiques, à l'ombre des filaos, on est tout pareil. On n'a pas changé de vie. C'est la vie qui nous a changées, maman et moi. On vit au rythme lent de l'île. J'irais bien frapper à la porte de Julian, mais je suis sûre qu'il ne m'ouvrira pas. Pourquoi ferait-il attention à une petite curieuse comme moi qui le regarde nager derrière les troncs de filaos ? Et je n'ai pas besoin de lui pour entrer dans sa maison. Une fenêtre ouverte et je plonge dans une ancienne remise. Je remonte les escaliers jusqu'à sa chambre. Je me dis que tous ses secrets sont forcément là. J'ai déjà visité le salon, la salle à manger, les tiroirs, j'ai même regardé sous les tableaux, rien. Une larme déborde d'une paupière comme une perle grise, Julian aime les belles choses. Je pourrais lui donner cette larme, si seulement il voulait bien me regarder. Pas une seule photo sous cadre dans sa chambre. Cet homme n'a pas d'histoire. Pas un grigri comme je les collectionne, des galets ou du corail ramassés sur les plages que j'enferme dans des bocaux remplis d'eau. Sous le lit, je découvre un exemplaire du Nouveau Testament. Je reconnais l'allemand, je ne sais pas le lire. Et insérée au milieu, une photographie en noir et blanc. C'est peut-être Julian, plus jeune. Difficile à savoir. Sa barbe habituellement est si bien taillée. Là il porte une grosse moustache qui me fait penser à celle de papa. Il tient contre lui un enfant. Je sais pourquoi j'ai du mal à le reconnaître. Ce n'est pas à cause de la moustache. Sur cette photo, Julian sourit vraiment. Et je me rends compte qu'il me sourit pour la première fois, même si ce n'est pas moi qu'il regarde. Un magnifique sourire de père comme papa peut-être autrefois. Maman ne veut jamais rien me dire ni me rappeler les jours heureux. Elle dit qu'il ne sert à rien de s'en souvenir, quand les vivre signifie tout. Je ne sais pas pourquoi je fais ça, je glisse la photo dans ma poche et je me sauve par la même fenêtre, faisant bien attention à ne pas croiser Julian. Je n'ai pas une seule photo de papa, je sais pourquoi je l'ai volée. Et c'est en arrivant chez moi que je me rappelle avoir laissé le Nouveau Testament sur le lit.

Des fois, je retourne la nuit à la pointe de l'île quand maman dort. Je fais le tour de sa maison, je vérifie qu'il ne nage pas. Je me glisse même contre les murs qui mènent du salon à sa chambre. Je retiens ma respiration. Je chausse ses sandales : mes pieds sont dans ceux du géant. Mais je n'avance toujours pas. Les souvenirs sont absents dans cette maison, même ses vêtements, des shorts, des tee-shirts, des pantalons de toile, une chemise jamais portée, ne disent pas d'où vient Julian. Je sais que Julian est anglais. Je l'ai entendu parler au supermarché. Mais c'est si grand comme pays. Connaissait-il papa ? Maman me gronde. Elle ne veut plus que j'aille à la pointe de l'île. Comment le sait-elle ? Elle dit qu'à mon âge je devrais avoir un amoureux qui me ferait visiter l'île entière. Ce n'est pas ma faute si je m'intéresse seulement à la pointe de l'île. Et si je préfère lire le nom des villages tout autour de moi, sur une carte, plutôt que m'y rendre. Curepipe. Bella Mare. Grand Baie. Rose Hill. Poudre d'Or. Pamplemousse. Moka. Chamarel. Bel Ombre. Quatre Sœurs. Quant à l'amoureux, cela ne me plaît pas du tout. Je n'ai rien à faire d'un garçon qui m'empêcherait certainement de retourner chaque jour à la pointe de l'île. Ce n'est ni l'heure ni le moment des mots doux, des bisous sous les filaos. J'en ai suffisamment entendu parler par mes copines, rouges comme le piment qui vous brûle les lèvres.

Mes pas indécis se décident enfin, nous irons à la maison de Julian. En chemin je cueille des fleurs sauvages pour lui. Le short en vrac sur la pierre chaude m'indique que Julian nage derrière la pointe. La porte est grande ouverte. Je fonce à la cuisine, remplis trois verres d'eau que je dispose dans le salon, la salle à manger et sa chambre, avec mes fleurs sauvages flottant à la surface. Je sors la photo et la range dans le

Nouveau Testament. Et je file en douce surveillant à la fois mon ombre et la sienne. Ses pieds ont laissé des traces sur la pierre, elles s'effacent sous le soleil qui cogne et fait mal. J'ai un affreux chapeau de paille sur la tête pour m'en protéger, mais tout percé. La mer est là, si près, si tentante, ce bleu immense comme les yeux de papa. Comment sont ceux de Julian ? Bruns comme la terre au soleil, légèrement cuivrés comme le soleil qui s'étire avant de se coucher.

Je m'abandonne à mes pensées. Je m'oublie. Une ombre grandit et me recouvre tout entière. Je me retourne comme si le soleil m'avait donné une gifle. Julian est là. Il hésite, dansant d'un pied sur l'autre. Il se frotte le menton. Il dit « Il ne fallait pas ». Faire attention à son ombre ? Chausser ses sandales ? Visiter sa maison sans sa permission ? Venir chaque soir le regarder nager ? « Les fleurs, il ajoute. Il ne fallait pas. » Je rougis des orteils à la racine de mes cheveux blonds. J'aimerais bien dire quelque chose, mais ma bouche ne veut pas. Je le regarde. Maman sera furieuse si elle apprend que je lui ai parlé. Il suffirait que je dise « mais de rien » et que je m'en retourne chez moi. Ma bouche refusant toujours de s'ouvrir, je décide de danser. Je suis des cours de danse classique tous les jeudis à Tamarin. Quelques pointes, deux entrechats, je tourne sur moi-même et je termine par une révérence. Les yeux de Julian s'agrandissent comme les fleurs grasses qui se réveillent le matin sous la rosée. Il pose une main sur mon épaule. Tout mon équilibre est menacé. Dans ma tête, maman me dit de rentrer. Et moi, je veux rester. Julian me sourit. Un sourire un peu timide, qui disparaît aussi vite qu'une goutte d'eau dans une éponge. Je ne dis toujours rien. J'attends. Le sourire s'élargit tout comme son visage. Sa main se tend. Il me dit « Allez viens, Christie ». Comment sait-il mon prénom ? J'entends maman dans ma tête me répéter « Je t'avais bien prévenue ». J'entre dans la maison de la pointe de l'île. Maman est assise dans le salon, les jambes croisées, comme si tout cela était normal. Elle a l'air un peu gênée, hésite, avant de me dire « Julian est ton père ».

Maman décroise ses jambes. Julian s'est installé à ses côtés, un bras sur ses épaules. J'aimerais qu'une centaine d'oiseaux pénètrent dans ce salon, et que cet envol me distraie d'eux. Je suis assise sur le bord d'un fauteuil face à eux, tout au bord prête à tomber. Les canapés sont recouverts d'un plaid blanc. Tout est blanc ici, les murs, la table basse, l'air qu'on respire. Et j'écoute maman me raconter enfin ce que j'attends depuis que je suis née. Des souvenirs. Les photos s'envolent avant de s'agrandir sous mes yeux étonnés. Jamais je n'aurais imaginé cela. Maman a aimé deux hommes à la fois. Je ne sais quoi en penser, moi qui n'aime personne pour de vrai. Julian n'était pas libre. Il fallait bien une famille autour de moi. Alors papa m'a élevée avant de s'en aller à petit feu.

De Julian on ne connaît que son prénom. Je ne saurai jamais sa vie d'avant. Je comprends mieux cette larme dans le tableau, grosse comme une perle grise dans le coin de l'œil. J'y noie mon chagrin et souri à la vie. J'ai deux pères, ce n'est pas donné à toutes les curieuses de mon genre. J'allonge mes jambes, maman vient de dire que Julian était enfin libre, et ils se sont regardés, comme on ouvre la cage aux oiseaux, la clé jetée au vide. C'est maman qui a pris autrefois cette photographie où Julian me tient dans les bras, avec sa grosse moustache qui pique. Ce souvenir en noir et blanc qui entre dans un mouchoir. C'est bien Julian dont je me rappelais. Il est allé chercher de l'eau. Maman me regarde. Elle pose un baiser sur ses doigts et me l'envoie. Je l'attrape d'une main, comme on chope une mouche. Et je le libère en souriant. Julian s'est appuyé sur l'évier, sa carafe d'eau à la main. Il nous regarde toutes les deux. Je me dis qu'ils ont assez attendu pour s'aimer, que je ne serai pas l'orage qui fait se coucher les palmiers. Nous allons nous fondre dans cette île de l'océan Indien, nous abriter sous les filaos. Une nouvelle famille à la pointe de l'île dont personne ne se souciera.

Les pétales jaunes de Panarea

À Vanessa Paradis
« *Love Song* » / « Le Rempart »

Maman est morte quand je suis née. Comme je ne l'ai pas connue, je n'ai pas de chagrin. Je regarde parfois des photos dans la chambre de papa : c'est une belle étrangère aux cheveux longs qui me sourit. Ses yeux sont aussi bleus que la mer, ici, à Panarea, en Sicile, où je vis avec papa qui n'a jamais voulu retourner en France. Maman est enterrée à Stromboli ; une tombe entre les hautes herbes qui cachent les fleurs que papa dépose chaque semaine. De belles roses jaunes qui respirent la mer au loin avant de se faner, laissant leurs pétales flotter dans l'eau croupie qui sent l'œuf pourri. Je tiens papa par la main et je ne ressens rien. Maman est sous terre et je n'ai du chagrin que pour les pétales de roses jaunes.

J'ai grandi trop vite sur cette île où personne ne fait vraiment attention à moi. À la réception, je donne les clés et le courrier aux clients de l'hôtel. Parfois je monte les lettres jusqu'aux chambres. Je n'ai pas le droit d'y entrer. Juste sonner, ou glisser le pli sous la porte. Seul Matheo m'aime bien, mais il est très vieux, et n'a plus l'âge de jouer ou de courir avec moi. Il m'offre des poupées que je cache sous mon matelas. Son uniforme est toujours impeccable, et tout le personnel de l'hôtel tremble quand il fait sa grosse voix. Papa vit la plupart du temps dans sa chambre, une suite au dernier étage avec vue sur la mer. Il ne s'y baigne jamais. Depuis que maman est morte, papa ne fait plus rien, à part boire du vin blanc et me gronder comme si je n'étais que désobéissante. Pourtant je le regarde avec douceur, même quand il est en colère. Si maman est morte, c'est à cause de moi. Je l'ai deviné seule. Si je n'étais pas venue au monde, papa et maman seraient repartis vivre en France, et je n'aurais pas à donner les clés à des clients qui font autant attention à moi qu'à la poussière sous un meuble. Le mercredi, Mme Agostino m'apprend l'histoire, la géographie, l'italien et les mathématiques. Cette vieille bique a une voix aiguë, qui me fait penser à un ongle griffant le tableau. Je m'applique sur mes leçons pour ne pas entendre les grognements de papa qui m'a pourtant promis un vélo pour mes dix ans si je retiens tout. Mme Agostino n'a pas d'enfant et elle n'en veut pas. Elle dit que ça coûte trop cher. En vérité, elle n'a pas le fiancé pour en faire. Le soir, j'aime bien m'asseoir sur la terrasse et fixer le volcan. Si j'avais une baguette magique, je le réveillerais, et toute sa lave ferait disparaître notre île et moi avec. Des fois, je parle aux buses qui se posent sur la rambarde de ma terrasse. Je leur dis que je m'appelle Alice. Je leur demande si elles veulent bien être mes amies. Je ne sais pas si les oiseaux ont des oreilles. Parfois la buse incline sa tête comme si elle était mon amie, mais elle s'envole aussitôt et moi, je ne sais pas voler. Je joue aussi avec les poupées que Matheo m'a offertes. Je leur lave les cheveux avec le shampoing de l'hôtel, celui dont je devrais me servir plus souvent d'après Mme Agostino qui dit que mes poupées sont plus propres que moi.

Ce matin, j'ai donné les clés à une certaine Mme de Valère et à son fils. La 27 et 28, deux chambres communicantes. Le garçon aux cheveux en brosse s'est retourné avant de disparaître dans l'ascenseur et m'a souri.

— Je m'appelle Solal, a-t-il soufflé avant que les portes ne se referment.

Je n'ai pas trop l'habitude qu'on s'intéresse à moi. Matheo, qui a des yeux dans sa poche, m'a fait un clin d'œil et m'a dit :

— Fais-t'en un ami.

En fin d'après-midi, Solal est descendu à la réception et m'a demandé si je voulais bien me promener avec lui. Matheo a dit oui avec la tête et je suis sortie avec Solal. À Panarea, il fait toujours beau. À cette heure-ci, les rues sont blanches et la chaleur écrasante. Personne ne s'y promène, même pas les chats. J'ai dit à Solal que nous étions des chats et cela n'a pas eu l'air de l'étonner. J'entendais nos pas sur le sol et la voix de Solal qui voulait tout connaître de moi.

— Maman est morte quand je suis née. Papa boit du vin blanc. À l'hôtel, je donne les clés et le courrier. La buse est mon amie. Matheo et ses poupées aussi. Voilà, tu sais tout.

— Moi, papa est mort d'un cancer. Maman boit trop de champagne. Je vais à l'école Notre-Dame-Saint-Roch à Paris. J'ai des tas d'amis, je t'apprendrai à en avoir. Voilà, tu sais tout.

Je me suis arrêtée pour ne plus entendre mes pas. J'ai regardé Solal. Ses yeux étaient aussi bleus que ceux de maman en photo. Il portait un short et une chemise blanche trop grande pour lui, une chemise de papa. Ses oreilles semblaient minuscules ; je m'étonnais qu'elles entendent quoi que ce soit.

— Comment tu sais que j'ai besoin d'amis ?

— Je l'ai su tout de suite à tes yeux. Ils sont tristes.

J'ai repris la marche. Solal a pris mes petits doigts dans les siens et je me suis laissé faire. C'était comme si je tenais le soleil par la main. Tant pis si ça me brûlait de partout. En bas de la rue, nous sommes arrivés face à la plage ; nous ne pouvions aller plus loin. J'aurais aimé marcher sur l'eau avec Solal et disparaître avec lui de l'autre côté de l'horizon. Mais Solal a préféré retourner auprès de sa mère, à l'hôtel.

Le soir, j'ai dîné seule, et je suis montée embrasser papa dans sa chambre. Je l'ai trouvé allongé sur le canapé, sa bouche grande ouverte, en caleçon et tee-shirt, une bouteille de vin blanc à la main, serrée contre lui comme un doudou. J'ai refermé sa bouche et attrapé la bouteille que j'ai rangée à côté des autres, sous l'évier. Puis j'ai déposé un baiser sur son front et j'ai dit : « Bonne nuit papa. » Je me suis assise sur ma terrasse et j'ai sifflé mon amie la buse. Elle est apparue dans le noir et s'est agrippée à la rambarde. Je lui ai parlé de Solal et de son papa mort, et la buse a incliné sa tête comme si elle comprenait tout.

Le matin suivant, Mme de Valère m'a demandé au téléphone de monter la voir. Je lui ai répondu que je n'avais pas le droit d'entrer dans les chambres des clients de l'hôtel. Matheo a fait sa grosse voix et j'ai ajouté qu'on venait de me donner l'autorisation de la rejoindre. Sa chambre était aussi grande que la mienne et donnait sur le volcan de Stromboli. La maman de Solal a commandé un chocolat chaud que j'ai bu sans rien dire. Je sentais son regard sur moi, très doux, comme un papillon qui hésitait à se poser et voletait tout autour de moi.

— Solal m'a dit que tu étais une petite fille étonnante.

— Je n'ai rien d'étonnant, madame. Ah si ! peut-être : je parle aux buses.

— Comment ça, tu parles aux buses ?

— Ce sont mes amies, madame.

— Appelle-moi Louise.

— Je vais essayer, madame.

Une odeur douce montait en moi et me chatouillait les narines. Un parfum à la fois sucré et fleuri. Peut-être était-il enfermé dans un de ces flacons que j'apercevais sur la table basse. Ce pouvait être, aussi, une odeur de maman. Après tout, je n'en savais rien. La main de Mme de Valère s'est posée sur mon bras.

— Ton père accepterait-il que tu dînes avec nous ce soir ?

— Je ne sais pas, madame. Je vais demander à Matheo.

— Pourquoi pas à ton père ?

— Parce qu'il ne sait pas me dire oui.

Et je me suis enfuie. J'ai marché longtemps sans savoir où j'allais. Je pensais à Matheo qui allait me disputer en rentrant. J'ai su en traversant toutes les ruelles de Panarea que mes pas me conduiraient au port. J'ai pris un bateau jusqu'à Stromboli et je suis allée voir maman. C'était la première fois que je m'y rendais seule. J'avais en tête le parfum obsédant de Mme de Valère, mais il s'effaçait dans ce paysage d'herbes hautes et d'eau croupie qui sentait l'œuf pourri. J'ai fermé les yeux sur quelque chose de beau, ses yeux bleus, comme ceux de Solal, et j'ai dit à voix haute :

— Prends-moi dans tes bras.

Le vent m'a répondu et s'est levé au même moment, m'enveloppant dans son souffle tiède.

À l'hôtel, Matheo ne m'a pas disputée. Il m'a dit :

— Fais-toi belle. Mme de Valère t'attend à vingt heures. Ton père est d'accord.

Sur mon lit m'attendait un carton aussi grand que moi, avec un petit mot accroché par un bout de scotch. J'ai reconnu l'écriture de papa, toute de travers, comme si elle buvait autant que lui. Le mot disait : « Pardonne-moi. Ton père. » Dans le carton, il y avait une robe de princesse trop belle pour moi. C'est à peine si j'osais la regarder. Quant à la toucher ! Mes mains étaient trop noires. J'ai disparu dans la salle de bains. J'ai frotté comme si je voulais disparaître sous l'eau et le savon. J'ai même lavé mes cheveux mieux que mes poupées. Une fois la robe sur moi, j'ai osé me regarder dans le miroir, derrière la porte. J'ai fait un bond en arrière. Et je me suis rendue chambre 27, pieds nus. Solal m'a ouvert la porte. J'ai vu dans ses yeux bleus que la robe lui plaisait, et mes pieds nus aussi. La table était dressée sur la terrasse, avec nappe blanche, porcelaine, argenterie et verres à pied. Je ne me souviens pas du contenu des assiettes, ni de tout ce qu'on s'est dit ce soir-là, Mme de Valère, Solal et moi. Il me semble que mon amie la buse s'est posée un instant sur la rambarde, puis elle s'est envolée, rassurée par mes nouveaux amis. C'est au dessert, une tarte au chocolat toute fondante au-dedans, que Mme de Valère m'a annoncé qu'elle repartait en France le lendemain matin avec Solal. J'ai laissé la petite fourchette suspendue au-dessus de ma bouche et le chocolat a coulé sur ma robe de princesse. J'aurais voulu que les buses m'emportent dans la nuit noire et me lâchent dans le creux du volcan pour y disparaître à jamais.

— Ne t'inquiète pas, m'a dit Louise. Bientôt, tout va changer pour toi.

Je n'ai pas osé lui dire que, bien sûr, tout allait changer après leur départ. Comme les petites lumières qui s'éteignent les unes après les autres sur l'île d'en face, quand tout le monde dort, à part moi.

— Ne fais pas cette tête, ma petite, a insisté Louise. Je suis la sœur de ta maman et je lui ai fait une promesse que je vais tenir.

— Quelle promesse ? j'ai demandé du bout des lèvres, tout en cachant la tache de chocolat et le mot *maman* dans les replis de ma robe de princesse.

— Celle de veiller sur toi. Je l'aurais fait plus tôt si je n'avais pas dû rester auprès de l'homme que j'aimais et qui s'éteignait un peu plus chaque jour.

Solal a soufflé toutes les bougies sur la table et s'est caché dans l'obscurité. J'ai respiré très profondément et j'ai osé demander :

— Elle était belle, n'est-ce pas ?

— Oui, très belle, a répondu Louise. Et aussi sauvageonne que toi. Une vraie tête de mule.

J'ai senti la main de Solal dans la mienne et le sourire de Louise m'a avalée tout entière. Ici, à Panarea, les mules transportent les bagages des clients de l'hôtel. *Une vraie tête de mule*. Et moi, qui voudrait bien prendre tous mes bagages et m'emmener loin d'ici ?

— Tu vas venir nous voir à Paris cet hiver, m'a dit Louise qui lisait dans mes pensées. Et crois-moi, ton père va te surprendre à partir de maintenant. Ce matin, nous avons eu, ensemble, une très longue conversation. La robe est juste un nouveau départ entre vous deux.

À ce moment-là, j'ai pleuré longtemps. Jamais je n'aurais pu imaginer que j'avais autant de larmes en moi. J'ai senti les bras de Louise et de Solal qui se refermaient sur moi, et c'était encore plus doux que le vent de Stromboli.

Je ferme les yeux un instant. Le visage de Solal apparaît, avec ses yeux bleus comme ceux de maman. Il est parti avec sa mère si tôt le lendemain matin que je ne les ai pas vus reprendre le bateau. Leur départ m'a paru cruel, comme un cadeau offert, repris de force. Mme Agostino n'est plus revenue à l'hôtel. Papa m'a dit que dorénavant ce serait lui qui me donnerait les cours. Je n'ai pas eu à m'appliquer car entendre papa me parler de mathématiques relevait pour moi de la magie. Me parler tout court. J'ai tout retenu d'un coup. Et pas une seule fois, je n'ai pensé au vélo, promis pour mes dix ans.

Un soir, on a dîné dans un petit restaurant de Panarea. La première fois, avec papa. Je portais la robe de princesse, sans la tache de chocolat. Pourtant, il me semblait que le mot *maman* s'y cachait encore. J'avais mis des ballerines pour qu'il ne grogne pas. Ma main dans la sienne, immense, avait disparu. On a commandé du poisson. Le serveur a proposé la carte des vins et papa a répondu :

— *No, grazie. Una grande bottiglia di acqua naturale, per favore*[1].

J'ai regardé au loin le volcan endormi. J'étais heureuse de ne pas avoir eu de baguette magique pour le réveiller. Papa m'a dit doucement :

— Tu lui ressembles tant.

La vie, enfin, commençait.

Peut-être même que papa acceptera de me parler encore de cette belle étrangère aux yeux bleus. J'aurai du chagrin parce qu'il me semblera mieux la connaître. Et je raconterai tout à mon amie la buse, en attendant de retrouver Louise et Solal cet hiver, à Paris, où nous fêterons tous Noël ensemble, avec un sapin immense et des tas de cadeaux. Les cadeaux, en fait, je m'en fiche. Le plus beau d'entre eux me regarde chaque jour comme s'il me voyait pour la première fois. Bien sûr, la belle étrangère aux yeux bleus ne sera pas vraiment avec nous, mais je sais que je ne pourrai plus voir de pétales sans penser à elle, surtout depuis que j'ai appris qu'elle adorait marcher pieds nus et parler aux buses, tout comme moi.

1. Non, merci. Une grande bouteille d'eau minérale, s'il vous plaît.

Vivants

Maman s'est assise sur le lit. Elle aimerait me raconter une histoire, mais elle n'a jamais su. Elle me demande d'être sage, tire un peu sur sa robe à pois rouges et disparaît dans la nuit. L'air de la mer entre par la fenêtre ouverte, le vent agite les rideaux, je suis seule dans cette grande maison et je n'ai peur de rien. Je n'ai pas besoin qu'on me raconte des histoires. L'imagination est tout pour moi. J'aimerais un jour que papa revienne. Lui et son bateau, disparus l'an dernier. Maman, trop belle, n'a pas attendu son retour pour porter ses jolies robes de couleur, et laisser le vent souffler sur ses longs cheveux blonds tout en désordre. Le noir lui va si mal. Le monsieur qui conduit la nuit n'est jamais le même. Maman, parfois, se trompe de prénom. Aucun d'entre eux ne franchit le seuil de cette maison. Car maman, tout comme moi, sait que papa reviendra un jour.

Le village nous pardonne tout. Maman ne paye jamais ses courses. J'emprunte tous les vélos que je veux chez le marchand qui me regarde comme si j'étais sa fille. Même pas en rêve. Je suis Lucie, fille d'Angus, pirate des mers, buveur de bières, roi du pétrole qui fait tourner la tête de toutes les femmes, maman incluse. Un costaud qui se tient sur deux pattes, même ivre comme dix hommes. Un rugueux qui me serre contre lui à m'en étouffer. Je veux bien mourir d'ailleurs dans ses bras, deux perchoirs où me nicher, poils doux à tricoter en attendant l'été. Maman s'est assise à la place du mort, jambes croisées, fichu sur la tête, lunettes noires sur le bout de son nez. Elle ne raconte pas d'histoires, mais elle sait faire tourner la tête des hommes, Angus inclus. Ce malabar a fondu comme brindille au soleil quand il l'a vue, la première fois, assise sur une barrière, les jambes longues et hâlées se balançant dans le vide. Maman en a fait un métier. Et moi je ne dors toujours pas, je ne sais pas quoi faire de mes quatorze ans, me suspendre à la poutre de la grange, ou régler son compte au pot de glace coco-citron. Après tout, je suis la fille d'Angus, je fais tomber des dizaines de garçons à mes pieds, je n'ai plus qu'à choisir le bon à la courte paille. Mais aucun d'entre eux ne me fait battre le cœur. À part le nouveau, peut-être, qui n'est pas très bavard. Ray, je crois. Je suis comme maman, je n'ai pas trop la mémoire des prénoms. Je me lève. C'est la nuit. Maman ne rentrera qu'au petit matin, pieds nus, sandales à la main. J'allume la lumière du salon et la chaîne hi-fi. N'importe quoi, un truc qui fait danser. Ce que je fais, avec le pot de glace coco-citron, la poutre ce sera pour plus tard. Papa emmène-moi sur ton bateau, juste toi et moi, et l'infini bleu tout autour de nous. Fais-moi grimper sur ton dos, suspends-moi à tes perchoirs comme une balançoire, à ta barbe de pirate qui mange tout ton visage, à tes yeux sur moi, si doux, toi Angus qui aurais fait de moi la fillette la plus heureuse de la terre. Si j'étais plus vieille, je boirais ta bière et danserais jusqu'au matin en attendant maman. Deux pies noires qui trinqueraient à ta santé et à celle du village qui nous pardonne tout. J'en ai bu, de la bière, mais sans toi plus rien n'a le même goût. De toute façon je n'aime pas ça. Je préfère le pot de glace et les fantômes qui m'accompagnent. Un sur la selle de mon vélo, un autre accroché à mon cou, et tout le reste assis sur la poutre de la grange attendant que je me suspende pour me piquer mon pot de glace. Je n'y peux rien si ces poutres me rappellent tes perchoirs, papa. Je devrais l'approcher, ce Ray, le bousculer, lui dire que je suis la fille d'Angus juste pour voir la tête qu'il ferait. Il paraît qu'il vient de la ville. Mais je suis sûre que, même là-bas, on parle de papa et de son bateau qui ont disparu en pleine mer. Les recherches ont duré toute une semaine. Des dizaines de bateaux ont sillonné le large et des plongeurs ont disparu dans les profondeurs de l'océan. À croire que le bateau a franchi l'autre côté de la ligne d'horizon, avalé par la plus énorme des baleines, elle-même digérée par un monstre colossal tapi dans des profondeurs abyssales. Le policier a dit à maman, tout en tenant son képi entre ses doigts, qu'elle était déclarée veuve. Maman à qui le noir va si mal. Angus qui ne lui laissait jamais franchir le seuil de la maison sans la prendre dans ses bras. Angus qui a construit tout seul ce chalet de bord de mer et l'a repeint couleur écureuil. Angus qui m'attrapait le pied et la main et me lançait plus haut que les avions et que tous ces ballons que j'achète par dizaines avant de leur rendre leur liberté. Je n'ai plus l'âge de faire l'avion, mais encore celui d'aimer mon colosse de père, mon géant, avec ses petits yeux marron qui me farfouillent avec douceur, comme si j'étais tout en cristal. Peut-être bien que je le suis. Le pot de glace coco-citron est vide, j'éteins la chaîne hi-fi. Je ne vais quand même pas danser avec les fantômes. Je retourne à ma chambre. Je respire le bois du chalet qui sent Angus de partout. Je sais qu'il est vivant. Maman aussi en est certaine. C'est juste une question de temps. On finira par dépecer le monstre colossal qui recrachera la baleine. Maman cessera de monter dans toutes ces voitures, jambes croisées, lunettes noires et fichu, incapable de se souvenir du prénom du conducteur. Ces nuits à rouler jusqu'à la ville, jusqu'à l'hôtel, sans être portée dans leurs bras avant de franchir le seuil de la chambre. Angus est unique. Angus a le don de vous rendre meilleur. Angus est le plus merveilleux des pères. Sans lui, maman et moi sommes perdues, du grand n'importe quoi, même si le village nous pardonne tout. Je me glisse sous la couette.

Je respire l'air de la mer. Je m'endors en pensant à lui. Demain, peut-être, il sera là, assis sur mon lit avec sa barbe de pirate qui me chatouillera la joue. Il me racontera comment, avec ses deux perchoirs, il a réussi à sortir du corps de la baleine. Maman attendra tout en rouge ou jaune ou bleu, avec ses beaux cheveux blonds tout défaits, sandales à la main, pieds nus, qu'Angus la porte dans ses bras avant de franchir le seuil de notre maison.

*

Je m'appelle Lisa. Je suis la mère de Ray. Nous habitons ce charmant petit village de bord de mer, loin de la ville, loin de mon mari qui s'est enfui avec une femme bien plus jeune et belle que moi. Que pouvais-je dire au père de Ray ? Il m'a laissé tout son argent, je ne sais même pas quoi en faire. Je me voyais finir ma vie sans hommes, auprès de mon fils, à le regarder grandir et aimer pour deux. Et puis j'ai rencontré Angus. Difficile de ne pas le remarquer parmi tous ces petits hommes qui s'effacent comme craie et chiffon au tableau. Je sais maintenant à quoi ressemble un coup de foudre. Car toute cette électricité qui m'a traversée ce jour-là m'a fait perdre connaissance. Quand j'ai ouvert les yeux, Angus était penché sur moi et me tenait la main. J'essayais de calmer les battements de mon cœur, un cheval fou partant au galop que personne n'arrivait à stopper, à part Angus peut-être, et ses yeux comme une pluie d'été qui tombait sur moi, Angus et sa main chaude, la mienne toute petite, ridicule, recroquevillée à l'intérieur comme une feuille sèche. Je sentais les larmes glisser entre mes paupières et mon cœur enfin ralentir, Angus souriant, un sourire d'ogre qui vous avale en une bouchée, laissant son autre main sur ma joue comme s'il me tenait tout entière. Bien sûr, je suis une parmi cent, je le sais. Toutes les femmes de ce village restent pour Angus. Elles attendent que leur mari meure, un ticket gagnant dans la poche gauche, sûres d'elles, personne ne leur résiste, Angus finira bien par céder, ce vieux loup de mer aux yeux de braise qui vous enflamme sur demande. Moi, je ne veux pas d'un mari. J'ai déjà été mariée. J'ai un fils magnifique, Ray. Ce que je veux, c'est passer du temps avec Angus, lui demander de me serrer fort contre lui, de dormir parfois à ses côtés, qu'il me prenne la main et rien de plus. Mais comment demander une chose pareille à un homme comme lui ? Angus ne me croira jamais. Il va penser que je suis du genre à m'incruster, un pied dans la maison et je repeins tout. De toute façon, Angus ne me regarde pas mieux que toutes ces femmes du village. Je ne suis qu'une sentinelle parmi d'autres, il pourrait me faucher d'un seul coup de pied. Et ce n'est hélas pas une question de temps. Angus dit d'ailleurs que le temps n'a plus aucune importance. Le village lui pardonne tout depuis qu'il a perdu sa femme et sa fille dans un accident de voiture. Un conducteur ivre la nuit qui ne s'est même pas arrêté. La police a fait une enquête, mais on n'a trouvé aucun témoin et l'affaire a été vite classée. Je ne lui en parle jamais. J'attends qu'il se confie à moi. Je sais que cela peut durer toute une vie. Les lèvres d'Angus sont cousues quand il s'agit d'elles. Je frappe régulièrement à sa porte. Je lui apporte un crumble aux pommes ou une tarte aux abricots. Les hommes sont gourmands. Angus ne résiste pas, il s'en lèche les doigts. Et même si je n'ai plus l'âge d'une fillette, je donnerais tout pour être cette confiture autour de son pouce. On discute un peu, Angus n'est pas très bavard. Je suis d'une patience infinie. Je fais comme si rien ne m'atteignait quand tout me bouscule. Je vois à sa jambe gauche qui bat la mesure que finalement le temps m'est compté. Je ne vais pas me jeter dans ses bras, à mon âge, c'est ridicule. Pour lui, pourtant, je deviendrais folle. Ce pêcheur m'a prise dans ses filets, et je frétille entre les mailles. Je ne sais plus ce qui m'arrive. Ray dit que j'ai rajeuni. J'ai dû perdre la raison en chemin. Je suis une amoureuse à temps plein, je n'ai pas besoin de travailler, j'ai beaucoup d'argent sur mon compte. Ray m'en demande parfois quand il sort avec ses copains ou une jolie fille, jamais la même. Je lui donne tout ce qu'il me réclame. J'aimerais qu'il s'attache un peu, que ses joues deviennent roses, qu'il bafouille le prénom d'une fiancée. Aussi chien fou que sa mère qui rajeunit et flotte dans ses vêtements trop grands pour elle. Bientôt, il faudra me bercer et me raconter des histoires.

Le regard brun d'Angus m'ouvre en deux comme une boîte de conserve. Mon corps ne va pas résister longtemps à pareille température. Je vais m'éparpiller sur la plage où les vagues me rejetteront comme des bris de coquillage.

*

Je sais bien que je vous ai menti depuis le début. Je vous ai dit pourtant que l'imagination était tout pour moi, et vous êtes passés à la phrase suivante. Le pot de glace coco-citron, les fantômes assis sur la poutre où je vais me suspendre, et maman qui monte tous les soirs dans une voiture différente en confondant les prénoms des conducteurs. Angus aurait dit « extravagant ! », applaudi de ses deux mains immenses et fait danser la poussière. Mais vous m'avez crue n'est-ce pas ? Vous m'avez plainte également ? Une femme aussi indigne, un père disparu en mer, mère et fille certaines qu'Angus était vivant. Bien sûr qu'il est vivant ! Il n'y a pas plus de baleines que de monstres dans les profondeurs abyssales. Mais on voit que vous ne connaissez pas Angus non plus. Le jour où vous le rencontrerez, plus rien ne sera comme avant. On ne quitte pas plus Angus qu'il ne vous abandonne. Ce n'est pas maman qui dira le contraire. Depuis qu'elle est morte, elle erre dans ce chalet jour et nuit, se balançant aux poutres sans que cela ne gêne personne, ni Angus ni Lisa, sa nouvelle femme. Moi je m'assois sur les genoux d'Angus, je m'allonge même parfois entre Lisa et lui dans le lit où maman vient me chercher en me tirant par les cheveux. Elle seule y arrive. Bien sûr, je traverse son corps et je ne ressens plus rien, ni envie, ni douleur, ni chagrin. Je me souviens de ses mains puissantes qui me faisaient voltiger comme un avion, de ses yeux rieurs qui me rendaient heureuse. Je le suis encore, même morte, comme maman qui ne sait toujours pas raconter d'histoire. Ray a pris ma chambre et je dors souvent avec lui, même si mes yeux refusent de se fermer. Maman ne dit rien. Je regrette de ne pas l'avoir mieux connu quand j'en avais encore le temps. Et ce n'est pas parce que je suis de l'autre côté du miroir que je ne me sens pas vivante pour autant. Je m'assois au bord du lit, je souffle sur la mèche blonde de Ray. Je pose ma main sur la sienne. Mais rien ne bouge, ni ses fins cheveux ni ses doigts. Je file dans le salon et je grimpe aux poutres rejoindre tous les autres fantômes qui attendaient autrefois que je me suspende. Je laisse la nuit passer, agitant mes jambes dans le vide. Je n'ai plus sommeil. Ray se lève toujours en premier, caleçon et tee-shirt, se grattant la tête, suivi par papa qui le prend dans ses bras. Je me glisse entre eux, j'aimerais poser mes mains à plat sur leurs torses, mais je les traverse comme le vent qui entre par la fenêtre. Je suis morte, mais je ressens tant de choses encore. Petite, je laissais mes doigts pianoter sur ses lèvres. C'était l'ogre dont on ne me racontait jamais l'histoire et que je m'inventais en grandissant.

J'adorais quand il m'emmenait sur son bateau. J'espérais même qu'on ne rentrerait jamais. Que la mer et son horizon nous emporteraient au bout du monde. Mais papa n'aurait jamais fait ça à maman. Même si elle ne savait pas raconter d'histoire. Il l'aimait pour ses robes de couleur et ses cheveux blonds toujours en désordre. Elle savait si bien s'y prendre avec les hommes. Je n'ai pas eu le temps de lui demander comment attirer Ray, la voiture qui nous a fauchées est arrivée si vite qu'en un instant tout s'est éteint. Je suis heureuse que Lisa et Ray soient entrés dans la vie de papa. Il suffit de regarder Lisa quand elle lève ses yeux sur le géant. J'aime poser ma main sur ses paupières et attraper cet amour comme la lumière qui incendie les bois en fin de journée. Je le garde un instant prisonnier, et je libère comme autrefois ces cerfs-volants qui disparaissaient haut dans le ciel.

Danser dans les rues

Je m'appelle Aaron. Maman aurait préféré Louis, mais papa a toujours le dernier mot. Comme le point sur le i. Depuis qu'ils ont divorcé et que maman a obtenu ma garde, papa me voit une semaine sur deux, quand il peut, et cela ne lui suffit pas. Maman lui rappelle les règles, comme un prof avec son cancre. Les lois, papa s'en fout. Point final. Alors maman se barricade et appelle encore la police. Papa disparaît comme le lapin dans son chapeau et fait passer maman pour une folle.

Ce soir nous partons à Nice, sans rien dire à maman. J'ai mis le casque. J'écoute « So long » de Perry Blake, le chanteur qui fait rire et pleurer papa. Je n'ai pas parlé de ses messages qu'il m'envoie par Instagram, comme toutes les photos où il fait le pitre avec ses yeux ronds et rieurs. Ni les vidéos Boomerang qui me donnent mal au cœur. Le portable à distance fait tourner la terre autour de lui, comme le manège où il ne m'emmène jamais. Maman dit que papa vit dans sa bulle. Moi je l'adore, mon papounet. Et je me fiche bien de ce qu'en pense maman. Papa est unique. Écouteurs aux oreilles, il danse dans les rues, dévalant les escaliers, s'appuyant aux portes et aux réverbères, tentant d'attraper des passants pour les entraîner derrière ses pas amoureux. Papa a travaillé pour un cirque, il sait aussi marcher sur les mains, ce qu'il a souvent accompli avec maman pour lui faire comprendre que plus rien n'allait entre eux. Je les suivais en silence. Papa à l'envers m'envoyant une grimace en roulant des yeux. Je riais et maman se retournait comme piquée par une guêpe, son visage se décomposant, prenant le ciel à témoin qui laissait filer les nuages. Et dès qu'il pleuvait, papa cherchait la mer pas trop loin pour aller nager, sentir les gouttes ruisseler sur son visage comme une eau pétillante. Maman en a eu assez de toute cette vie où elle n'a jamais vu la poésie, ni la beauté de toutes ces émotions à fleur de peau, si fragiles, comme un fil prêt à se rompre. Je m'appelle Aaron et je suis le fils d'Ethan, le funambule du temps qui disparaît par magie. J'ai douze ans et plus de mille photos de papa m'habillent tout entier comme une cape d'invisibilité. Je me laisse bercer par ces vidéos Boomerang, plusieurs par jour depuis le divorce. La nuit, derrière toutes ces lumières électriques et ces boules à facettes qui lui donnent des airs de diable, ce qu'il est parfois, points de suspension. Papa adore la musique, il en a fait son métier. Les boîtes de nuit aux alentours font appel à lui. Ça, c'était avant que le monde entier le réclame, que la règle d'une semaine sur deux ne veuille plus rien dire. Tous mes copains à l'école me demandent des autographes. Il n'y a que maman qui n'en a jamais voulu. Elle n'aime que la musique classique, et papa dit que ça le rend triste. Moi aussi. Je fais semblant pour faire plaisir à maman, je tape même du pied, ce qui l'énerve. Je suis les violons comme s'ils s'échappaient le long des murs et je fais des bonds quand le piano résonne. « Va dans ta chambre », s'époumone maman. Il ne faut pas me le répéter deux fois. J'ouvre mon portable et je découvre une nouvelle vidéo où papa fait oui avec la tête tandis qu'une brune aux grands cils s'évertue à dire non. Et un message pour m'annoncer qu'il m'attend à deux cents mètres de la maison, dans le tournant. Mon sac est prêt. Je descends doucement les escaliers, passe devant le salon où maman écoute Mozart, la tête au plafond, comme si une tache noire s'y répandait. Juste avant de refermer la porte derrière moi, je laisse un mot dans le vide-poches pour quand maman se réveillera sans moi. Le temps qu'elle découvre que nous sommes à Nice, ce sera trop tard pour appeler la police. Elle n'aura plus qu'à attendre notre retour. Bien sûr, elle va laisser des injures sur le portable de papa qui les effacera sans les écouter. La nuit est à nous. Adieu Mozart, point final. Je me glisse dans la nuit, sac à dos, point-virgule. Papa a éteint les phares. Il m'ouvre la porte de son bolide et me regarde comme s'il voulait me manger. Il s'est laissé pousser la barbe depuis qu'il vit seul. Un papa surgi du bois. Il écoute un album de Bob Moses qu'il m'a offert quand on s'est promenés la dernière fois, roulé-boulé ensemble dans le parc, tout plein de terre et de poussière en rentrant. Maman a juste haussé les épaules, et son cou gracile a disparu. Pas de place pour elle dans cette nouvelle voiture. Juste papa et moi, et quelques papillons de toutes les couleurs au-dessus de nos têtes. Papa est déjà en short. L'été comme horizon : au petit matin, nous serons à Nice. Mon géant tient le volant d'une main, tandis que l'autre pianote sur son portable. Hannah de London Grammar apparaît avec sa voix rauque comme un velours sur nos oreilles. Papa m'a appris la musique. Je sais la laisser entrer et me faire battre le cœur. J'ai des frissons qui remontent le long de mon échine et sur mes bras. Je ferme les yeux pour garder tous ces papillons prisonniers en moi. Plus rien d'autre n'existe. Je retiens tout ce qui compte pour papa. Je regarde aussi l'écran où le nom des chanteurs défile en lettres rouges. Je sais qu'il aime toute la musique. Ou presque. Tout le reste pour moi atteint tout juste la moyenne. Mes notes à l'école. Ma relation avec maman. Je n'ai pas de petite amie, juste des copains trop fiers de mon papa qui fait danser le monde entier. J'ai dû m'endormir, Perry Blake et sa voix fêlée chante « If I let you in ». Papa me regarde, bienveillant, sans rien dire. Ses yeux s'agrandissent, ses sourcils s'écartent légèrement, ses yeux roulent dans le parc comme nous, entremêlés, roulés-boulés pleins de terre et de poussière. Enracinés. Sa main tient le volant, l'autre s'est posée sur mon épaule. Les Pet Shop Boys font claquer les enceintes. L'autoroute et ses péages sont avalés comme le sabre d'un joueur que papa a été aussi, autrefois. Faire disparaître tout ce qui l'ennuie. La magie, point sur le i. Papa vient d'augmenter le volume sur un titre de The Magician « I don't know what to do » tout en lettres rouges. Je baisse un peu la vitre et respire l'air de la nuit. Papa dit que je peux dormir. Mais je ne veux pas. J'aimerais lui parler et le tenir éveillé, mais je ne sais pas quoi dire. Maman l'agace avec ses lois et ses verrous. Et en dehors d'un papa surgi des bois, je n'ai pas une vie passionnante. Je ne danse pas seul dans les rues, mais ça viendra. Il m'arrive parfois de nager sous la pluie, dès que je peux, à la piscine municipale. Maman n'aime pas trop. Elle dit que je vais attraper froid, que c'est encore une idée d'Ethan, qu'elle n'en peut plus de celui-là. Quant à marcher sur les mains, je m'entraîne avec papa, et bientôt je pourrai faire la surprise à maman. Elle va a-do-rer. Plus tard je travaillerai dans un cirque, j'avalerai des sabres, je dresserai des tigres, je monterai à califourchon sur des éléphants. J'en profite pour demander à papa ce morceau de Ten Walls « Walking with elephants » avec cette trompette qui imite si bien l'animal. Je serai Monsieur Loyal, charmeur de serpents, mais jamais un clown. C'est comme la musique classique en pire. Je pleure quand j'en vois un. Papa aussi. Ou je serai comme Ethan, un funambule entre jour et nuit, un homme à tout faire qui ne fait rien, un séducteur de brunes à grands cils, un pro de la vidéo Boomerang et des grimaces à yeux ronds. Je serai reconnu comme son fils, ce joyeux compagnon qui danse dans les rues et marche sur ses mains. Ou un bandit qui cambriole les banques et le cœur des brunes à grands cils. Ou un pro de l'électronique qui réveille les morts. Ou Aaron, fils d'Alicia, assis bien sage sur le rebord du fauteuil, les mains sur ses genoux, écoutant Mozart, sans voir les violons courir le long des murs, ni entrer les centaines de papillons qui envahiront nos peaux nues et blanchâtres comme un linceul. Je m'endors. Je sais que papa fait attention à nous, même s'il tient le volant d'une main. Même s'il s'absente souvent ces derniers mois. Même si je reçois des photos de lui des plus grandes capitales du monde, quand j'aimerais me promener avec lui dans mes rues. La vie est trop courte, dit papa qui court après le temps passé sans moi. Aaron, orphelin de père, un week-end par an, sans trait d'union. Kungs peut toujours crier « This girl » et me réveiller d'un bond avec ses cuivres qui feraient sortir les squelettes de leur tombe, je ne suis jamais assez rassasié de mon drôle de père. Il grimperait aux arbres, je le suivrais. Il descendrait le long des falaises, je m'accrocherais à ses épaules. Il braquerait une épicerie, je tiendrais son revolver. Oui, je sais, je m'emballe. Mais quel enfant ne rêverait pas d'avoir Peter Pan comme père ? Peter Pan dansant dans les rues, comme Gene Kelly, les jours de pluie où Ethan préfère nager ? J'ouvre grand la fenêtre pour avaler un bol d'air, quelques mouches, et des papillons jaunes. Papa s'arrête dans une station-service pour boire plusieurs cafés bien noirs. Il secoue ses jambes et ne peut pas s'empêcher de basculer sur les mains, sous les yeux étonnés d'une serveuse qui applaudit. Papa la regarde, à l'envers pour commencer, puis se redresse comme un phare qui n'illumine rien : pas de troisième place dans l'Audi TT, point final. Le jour pointe au loin, la lumière sur cette station-service vire au vert olive. Les portières claquent, bientôt Nice. Papa vient d'enclencher Disclosure « Defeated no more », les notes dansent et chantent dans la voiture, mon pied bat la mesure, mes mains s'entrelacent et se défont. Je serai musicien ou rien. Rien, c'est pas mal après tout. Aaron fils d'Ethan, entre le bleu du ciel et le vert olive de la station, dresseur de pompes à essence, buveur de café noir, jouant avec les papillons mauves qui sortent de ma bouche.

La mer, enfin, comme un bandeau qui s'accroche autour de l'horizon. Papa a baissé sa vitre, écoute un autre titre de Disclosure, « Boss », qui défile en lettres rouges, et regrette sûrement qu'il ne pleuve pas. Il m'aurait abandonné pour nager sous la pluie, ressentir cette émotion parmi les autres, se sentir plus vivant que vivant, abandonnant tous les autres derrière lui, comme il le fait, si bien, quand il danse dans les rues. Se laisser envahir par ce cœur qui bat trop fort. Puis sortir de sa bulle, de sa boîte de nuit trop étroite, et marcher sur les mains pour renverser les rôles. Mais papa n'est pas cet Ethan-là. Sa main vient d'attraper la mienne, comme le filet se referme sur un papillon. Ses gros sourcils se rapprochent, ses yeux roulent et me sourient, le soleil entre dans la voiture. Jay-Jay Johanson chante « NDE ». Je frappe deux fois de la main gauche sur la boîte à gants, une de la main droite, et je recommence, comme dans le clip. La promenade des Anglais est encore déserte à cette heure. Ce n'est pas la première fois que je viens à Nice avec papa. Ni la dernière fois que maman se fait avoir. Elle a lu mon mot. Elle appelle. Papa refuse son appel, point final. Elle atterrit sur la boîte vocale et hurle. Enfin j'imagine. On se regarde avec papa, on se sourit. On n'écoutera pas le message. Alicia peut toujours appeler la police. Papa et moi marchant lentement sur la promenade des Anglais loin de l'Audi TT. Deux blondes nous dépassent. Papa bascule sur une seule main et leur fait signe de l'autre. Elles ne se retournent pas. Tant pis pour elles. Tant mieux pour moi. Le téléphone aussi s'en est allé. J'ai la voix d'Hannah, London Grammar, dans la tête, son velours comme une caresse où se frôlent ces centaines de papillons au-dessus de nos têtes. Papa me prend la main. Pas besoin d'attendre la nuit pour danser dans les rues. On ira sûrement jusqu'au cours Saleya sous le regard des passants, comme les figurants d'un film qu'on ne remarque pas. Mon pas s'est amélioré depuis nos dernières danses. Je me fiche bien d'être quelqu'un plus tard. Aaron, fils d'Ethan qui se laisse emporter par le rythme et cette musique silencieuse. Dans la main de son père, glissant jusqu'à lui, puis s'en éloignant comme le battement d'un cœur qui reprend sa pulsation. Et ces milliers de papillons envahissant Nice, comme si le ciel pouvait afficher autant de couleurs à la fois. Maman hurlant quelque part dans un téléphone. Et papa et moi disparaissant pour de bon comme le lapin dans son chapeau, emportés par nos émotions.

Veille de Noël

Moi, la veille de Noël, je ne dors pas. De ma chambre, j'entends papa ronfler et maman siffler. Oui, maman siffle quand elle dort, c'est à cause de ses bronches et des cigarettes qu'elle fume, les unes derrière les autres, dès qu'elle se réveille. Papa dit en rigolant qu'il n'y a que sous la douche qu'elle ne peut pas en fumer. Et quand elle dort bien sûr. Quand je siffle, moi, c'est pour appeler mon chien, un beagle qui s'appelle Katouta. Et Katouta déboule à toute vitesse car ce chien ne pense qu'à bouffer et il sait que j'ai souvent quelque chose pour lui au bout de mes doigts. Maman doit rêver de ses cigarettes. Elle siffle pour qu'elles viennent sur ses lèvres afin de les fumer en dormant. Mon copain Erwan dit que maman va mourir d'un cancer comme sa cousine Isabelle. Mais des fois, Erwan voit trop la vie en noir. Ce n'est pas sa faute, il a perdu ses parents dans un accident d'avion et sa cousine Isabelle parce qu'elle fumait trop. Erwan vit avec ses grands-parents qui ne travaillent plus. Sa grand-mère fait des albums de photos toute la journée, et son grand-père collectionne des vieux timbres.

Je ne peux pas m'empêcher de quitter le lit. Pieds nus sur la moquette, en pyjama rayé bleu et blanc, je descends le petit escalier en faisant attention à bien enjamber l'avant-dernière marche qui crie quand on la piétine. Je traverse le salon et je m'assois face au sapin géant que papa a ramené du fleuriste en le tirant par ses cheveux verts, tout prisonnier dans un filet blanc. Un peu comme la grand-mère d'Erwan quand elle va à la piscine. Sauf que ses cheveux à elle ne sont pas verts, mais mauves.

Hier, papa, maman et moi, on a décoré le sapin de Noël. On a sorti trois grands cartons du placard de Noël qu'on n'ouvre qu'une fois par an. Dedans, des guirlandes lumineuses électriques qui font des lumières bleues, vertes, rouges, orange et violettes. Maman dit que les guirlandes pas électriques c'est *has been*, alors on n'en met pas dans le sapin. Erwan, lui, il les fait lui-même les guirlandes, avec des fruits séchés, des mandarines et du pop-corn. Je trouve ça cool, mais maman dit que ça sent pas bon et que Katouta pourrait les manger et mourir. Mon chien de toute façon mange n'importe quoi dans la rue et quand ce n'est pas bon pour lui, il nous fait un petit vomi que personne n'arrive à ramasser, alors les passants font les gros yeux, et celui qui promène Katouta redevient un enfant pris sur le fait qui sait plus où poser son regard. Dans les cartons, il y a aussi des tas d'objets que papa et maman achètent tout au long de l'année. Des petits anges en céramique, des boules en brindille de pin, en verre transparent, et d'autres encore sur lesquelles sont peints les mots *happy*, *forever* et *love*. Moi, je trouve que les mots « heureux », « pour toujours » et « amour » que m'a traduits papa sont aussi beaux, mais maman dit que c'est plus chic en anglais dans l'arbre de Noël. C'est comme *has been* et ringard. Papa lève les yeux au ciel, enfin au plafond. Quand on n'est que tous les deux, papa dit que maman lit trop de magazines féminins dans lesquels elle découpe ses idées de Noël, quand ses copines Gwenaëlle et Aurélie ne l'entraînent pas au Bon Marché dévaliser le rayon des fêtes. Papa dit aussi que le plus beau cadeau de Noël qu'on pourrait faire à maman serait de l'enfermer une nuit dans ce grand magasin avec un crédit illimité. On a sorti aussi les petits ours d'une boîte. Ils viennent tous de Londres d'un grand magasin qui s'appelle Harrods et qui rend maman aussi *hystérique*, selon papa, que Le Bon Marché. Ils portent des chapeaux, des boules de Noël, de petites écharpes multicolores nouées autour du cou, ou un petit pull tricoté et rien dessous. De toute façon, qu'ils soient petits ou grands, les ours en peluche n'ont pas de kiki. Avec Erwan, des fois à la douche de la piscine, on regarde nos kikis en rigolant et on se dit qu'à part faire pipi ça ne sert pas à grand-chose. Le grand-père d'Erwan lui a dit que si, mais qu'on était encore trop petits pour savoir à quoi. J'en ai parlé à papa qui a rougi comme une fraise sans crème chantilly dessus. Il m'a dit que le grand-père d'Erwan avait un petit pois dans la tête et j'ai rien compris. Je ne vois pas le rapport entre le petit pois et le kiki. Mais bon, quand je serai grand, tout sera évident. D'ailleurs je devrais tout noter sur un cahier, car j'ai bien compris qu'à mon âge on doit rester plutôt ignorant des choses de la vie. Sinon les grandes personnes répondraient davantage à toutes mes questions. Pourquoi maman, par exemple, ne dort-elle pas à la maison tous les soirs ? Pourquoi papa disparaît-il des fois pendant plus d'une semaine sans rien raconter quand il rentre à la maison ? Des fois je me dis que c'est un espion et qu'il était en mission et qu'il a tué des tas de méchants qui voulaient détruire le monde. Mais maman, où dort-elle ? Peut-être que ses sifflements réveillent papa et qu'elle s'en va à l'hôtel pour que papa dorme mieux. L'hôtel normalement, c'est quand on s'en va en vacances. Chaque été, comme à San Remo, en Italie. Pourquoi je n'ai pas de petite sœur, ou un grand frère ? Pourquoi papa ne veut pas qu'Erwan vienne à la maison, travailler ses devoirs avec moi ? Pourquoi d'ailleurs personne ne vient jamais à la maison ? Je regarde le grand sapin comme si les petits ours allaient répondre à toutes mes questions. Papa a débranché les guirlandes électriques au cas où le sapin prendrait feu pendant que tout le monde dort. Les grands bras du sapin plient sous le poids des boules et des petites voitures anciennes que papa a achetées dans un magasin de jouets, suspendues à un fil noué aux épines du sapin. Deux petites dames un peu folles chargées de paquets-cadeaux avec des cheveux en or se balancent sous mes doigts. Elles viennent de loin, un voyage que mes parents ont fait à Miami l'an dernier. L'une d'entre elles soudain ouvre sa bouche rouge fruit et me dit : « Le kiki, tu t'en serviras quand tu seras grand pour faire des enfants. » J'ouvre la bouche à m'en décrocher la mâchoire. Sa copine lève ses sourcils violets et dit : « Ta maman a un amant, et ton papa une maîtresse. » *Une maîtresse, comme à l'école ?* je me dis dans ma tête. « Mais non bêta, dit la copine, une autre femme que ta maman. » Un petit ours avec un bonnet rouge et blanc crie « Joyeux Noël, Sébastien » et il se tourne vers les deux dames un peu folles « Bravo, franchement, si c'est pour dire ça, valait mieux ne pas l'ouvrir ! ». La petite voiture ancienne soulève son capot d'où sort un « et on dit que la vérité sort de la bouche des enfants ». Soudain les guirlandes se mettent à clignoter de toute part sans électricité, et une étoile blanche se replie sur elle-même en lâchant « mais j'ai honte, j'ai honte ». Les guirlandes s'éteignent. L'étoile a repris sa place. Les petites dames sont immobiles tout comme l'ours, et le capot de la petite voiture ancienne s'est abaissé. J'ai dû rêver. Il est tard dans la nuit, peut-être trois heures du matin. Je suis trop excité à la vue de tous ces cadeaux qui entourent le sapin et sur lesquels je vois mon prénom à peu près partout. Sauf deux paquets. Un tout rouge avec « Églantine » écrit dessus. Et un plus petit avec un joli ruban rose où le prénom de Gaspard est écrit en feutre noir. Soudain le ruban rose se détache du paquet et se dresse devant moi comme un méchant serpent « Garde-toi bien de grandir si c'est pour ressembler à tes parents », dit le ruban rose. Le sapin s'ébroue comme Katouta mon chien quand il pleut. Toutes les guirlandes, les étoiles, les boules « happy », « forever » et « love », ou en brindille de pin, les petites dames un peu folles, tous les petits ours tressautent sous les bras du sapin qui se soulèvent. « Mon petit, dit le sapin de sa voix grave et sonore qui va sûrement réveiller toute la maison, oublie tout ce que tu viens d'entendre. Tu n'es pas le seul à être excité en cette veille de Noël. Moi, je vais finir découpé à la scie dans un affreux sac de Noël doré sur un trottoir froid où les chiens, y compris le tien, me pisseront dessus. Quant à toutes ces babioles que je dois supporter pendant un mois, elles seront bientôt rangées dans un placard qui sent le renfermé. À cette heure-ci, normalement tout le monde dort. C'est la veille de Noël, quand même. Nous, on a le droit de s'exprimer haut et fort pendant un tout petit quart d'heure qui va bientôt s'achever. Tu n'as rien vu, rien entendu et surtout ne va pas en parler à ton copain Erwan ou à tes parents. Personne ne te croira, même pas ton chien Katouta. Compris ? » Et là, l'arbre se penche vers moi, menaçant, risquant de faire chuter toutes les petites *babioles* qui s'accrochent à ses bras et ses épines, un peu comme dans le film *Titanic* avant la noyade. « Compris, je dis, je ne raconterai rien à personne. De toute façon Katouta ne s'intéresse qu'à la bouffe. » Le sapin se redresse, une des petites dames dit avoir mal au cœur, la petite voiture lève et baisse son capot de peur. « Parfait, dit l'arbre. Et puis une dernière chose. On ne dit pas "bouffe". C'est un vilain mot. Quant à Katouta, tu te trompes. Il comprend tout. Il lui manque juste la parole pour te répondre. Mais va regarder au fond de ses yeux. Et tu verras bien. » Et comme par magie, Katouta apparaît. Il vient vers moi, tête basse, remuant la queue. Il ouvre grand sa bouche, bâille sans mettre sa patte devant. Et renifle le sapin. Puis il grogne un peu comme quand il a peur. Pourtant plus rien ne bouge. Je le caresse, il nettoie mon visage d'un grand coup de langue. Je prends sa tête entre mes mains et je regarde au fond de ses yeux. J'y vois de l'étonnement et de l'amour. Le sapin avait raison. J'attends encore un peu, mais je sens bien que le quart d'heure est passé. Je dis bonsoir à la petite voiture ancienne et aux petites dames dans ma tête. Je sais que je n'ai pas besoin de parler à voix haute pour être compris. N'empêche que demain, tous ces cadeaux, c'est que pour moi, à part les deux, là, dont celui avec le ruban rose qui m'a fait peur et que pour rien au monde je n'aimerais défaire quel que soit le cadeau dedans. Je m'incline devant le sapin et je bâille comme mon chien sans mettre ma main devant. Qui peut me voir ? « Moi », rugit le sapin.

Sur le toit du monde

À Didier Gaillard-Hohlweg

Quelques minutes d'éternité entre ses bras, avant de voir l'intensité du bleu. La lumière est brûlante sur ce rocher. Rien ne sera plus comme avant. Je le sais. Un instant suspendu à côté de lui, à humer ce monde que je ne connais pas encore. Je ressens la chaleur des rayons de soleil en cette fin de journée, comme la caresse d'une vie qui s'offre à moi. Mon passé défile dans ma tête comme un tourbillon. Mais je ne doute plus de moi. Aujourd'hui je suis montée sur ce rocher, avec lui, forte et fragile à la fois.

Je m'appelle Ruth. Seul Thomas a le droit de m'appeler Ruthy. Et mes parents, restés à Jérusalem. Je suis née tout près de la porte de Damas. Là, je serais restée aveugle toute ma vie. Mes parents pensaient que cela me protégerait du monde et de ses dangers. Sans mon oncle, je ne serais jamais venue ici, aux États-Unis. Tous ces examens en clinique vont me permettre de voir l'invisible. J'entends, je respire, comme si tout en dépendait, un pas devant ma porte, une goutte d'eau sur la fenêtre, une main qui s'approche de ma joue, mon cœur qui bat fort quand j'atteins le sommet, où Thomas m'attend. Mes humeurs dessinent un orage violent ou un ciel évanoui. Mes pensées font battre mes paupières et ne demandent qu'à sortir. Je danse sous la pluie, chaque goutte est une larme de joie qui me rendrait presque la vue.

Thomas m'a demandé de le rejoindre tout en haut de la montagne. On ne refuse rien à ce géant, même quand on est aveugle. Je connais ces sentiers d'herbes rasées, brûlées par le soleil d'Utah où je vis à présent avec mon oncle. Je sais où poser mon pied, ma main ; mon nez respire les odeurs sèches, les buissons, leurs feuilles abandonnées et encornées. Je ne vois rien depuis ma naissance, je sens, j'invente, j'écoute. Je sais que je m'éloigne de la réalité, que mon rose à moi n'a rien à voir, il est peut-être bleu, allez savoir, comme une pomme, ou jaune comme l'eau du lac. Je laisse ma main frôler les herbes hautes, mes doigts s'y emmêlent et s'en défont, comme une caresse. Mon pied glisse sur une racine, je me retiens à l'aspérité de cette roche rugueuse qui me transperce la paume comme une épée d'aiguilles. Mais la montagne m'aide aussi à m'élever, à oublier que je ne vois rien. Il m'a fallu des mois pour atteindre son sommet, apprivoiser sa hauteur et ses pièges. Aimer la roche et ne plus la craindre.

J'ai rencontré Thomas ici, dans ce village éparpillé près de la montagne, où un géant, autrefois, a semé ces maisons. Thomas, photographe, venu pour ces montagnes roses, ce ciel qu'il dépeint d'un bleu insolent, ces gens aussi rêches que la pierre, ce vide abyssal, ce rien loin du monde. Il m'a demandé si j'accepterais d'être photographiée par lui. J'ai haussé les épaules. Une insouciance pareille n'a pas sa place dans mon monde. À la maison, maman me répétait que j'étais belle. J'en suis consciente. Mes mains ont parcouru mon corps et ses formes. Je suis bien faite. Mais belle est une perfection qui m'est refusée. Je connais la laideur, je viens d'un pays en conflit. Thomas me dit parfois que je suis belle, mais je n'entends que le vent qui joue avec mes cheveux détachés. J'ai seize ans et lui quarante-six. L'âge de mon père quand j'ai quitté Jérusalem avec mon oncle.

Thomas est allemand, alors nous parlons anglais ensemble. Des fois on ne se dit rien. On se retrouve au sommet de ce cône immense et j'entends le clic de son appareil photo. J'ignore ce qu'il capture et ne lui demande pas. Si c'est moi, ce n'est pas ainsi qu'on m'attrape. On s'allonge l'un près de l'autre. Je regarde longuement ma nuit, je la savoure même. Parfois Thomas me prend la main et s'en excuse. Je ne réagis pas, c'est le monde qu'il tente d'étreindre. Je lui parle en hébreu, cela vient comme un souffle. *Ani rotza lirot et hakokhavim itkha*. Le géant aimerait comprendre. Oui, Thomas, je veux voir les étoiles avec toi.

Le médecin de la clinique est confiant. Mon oncle, formel. Je vais voir le monde après l'opération. Je n'ai pas besoin du regard pour savoir à quoi ressemble Thomas. Sur la pointe des pieds et en levant les bras, j'effleure sa barbe fournie et bouclée, son nez grec, ses yeux bruns que je cache sous mes paumes, son corps massif et sportif. Thomas court plusieurs kilomètres matin et soir, et nage dans le lac derrière la montagne. Il est comme ce géant qui a semé les maisons autrefois. Il s'est échoué dans le ventre de ce village pour un chagrin dont il refuse de me parler. Il dit que je suis trop jeune pour l'entendre. Je le déteste quand il me dit ça. Je ne suis ni sa femme ni sa petite amie, encore moins une amie. Juste la sensation étrange d'être son jumeau.

J'aime m'allonger avec lui sur le sommet de cette montagne, là où le vent du désert balaye tout. J'entends sa respiration. J'invente les battements de son cœur, comme ceux d'un oiseau qui volerait juste au-dessus de moi. Je sais qu'il se perd dans le bleu insolent du ciel et qu'il pense à ce chagrin dont il m'a exclue. Parfois ses yeux sont humides, je le sais à sa respiration. Je laisse courir mes doigts sous ses paupières, comme on danserait sous la pluie. Parfois ses lunettes m'en empêchent. Ou sa main qui saisit la mienne quand je tente de lire son visage avec. Il m'arrive de laisser cette grosse paluche recouvrir la mienne, un instant, comme si nous allions échanger un secret que personne ne verrait là-haut, sur le toit du monde. Pourtant des chagrins, il m'en a dit quelques-uns. Les hommes qu'il a aimés, pas tant que ça, et qu'il a quittés pour ne pas se sentir abandonné. Et ce médecin qui a lui décelé une maladie des yeux. Je vais voir le monde ; pour lui, la nuit va peut-être s'étendre à l'infini. Comme sa bouche parfois. Il me prend un doigt et le pose sur ses lèvres qui dessinent, en une grimace, le signe de l'infini. Je ris comme s'il m'avait mordue.

Je transpire sous ma robe. Celle que mon oncle m'a achetée pour me consoler d'être loin de mes parents. Je l'ai remercié. Sans lui, personne n'aurait pu payer une telle opération dans un pays aussi lointain. Mon oncle archéologue, dans l'obscurité des profondeurs de la Ville sainte, comme une nuit semblable à la mienne.

La dernière partie de l'ascension est un parcours de granits ronds entre lesquels il faut se glisser, de profil, en retenant sa respiration. Impossible de faire autrement, le vide menace à chaque pas. Je n'ai pas peur du vide, je n'ai pas peur de la vie. Je vais glisser ma main dans celle de Thomas et je cesserai d'inventer les couleurs. Rouge comme l'eau de la roche. Violet comme les larmes. Vert comme les racines qui s'entrelacent sous mes pieds. Je vais m'étendre près de lui, s'il devient aveugle. Je lui apprendrai à ne pas avoir peur. C'est un créateur, il saura inventer, se souvenir. Pour moi ce sera comme une seconde naissance. Mon oncle et moi retournerons à Jérusalem après l'opération. Je ne dis rien, je grimace comme si j'étais de son avis. Il n'en est rien. Thomas aura besoin de moi. Je resterai ici en Utah. Tant pis pour l'argent de l'oncle, je serai guérie. Thomas a hérité de sa mère. Elle portait le même prénom que le mien. J'y ai vu un signe. Thomas refuse de répondre. Il nie l'évidence. Je me doute qu'il sourit dans le noir qui est le mien. J'aimerais poser mes doigts sur son visage. Mais il retient encore ma main comme si je ne devais pas lire ses émotions. Je les connais si bien que les inventer ne servirait à rien. Une fleur ne donnerait pas pareille senteur.

Le vent sec fouette ma robe que je plaque avec mes mains pour qu'elle ne se soulève pas. Au sommet où je viens d'arriver, j'entends le rire joyeux de Thomas. Et le clic de son appareil photo. Je me retourne et lui offre mon dos. J'essaye de résister. Mais c'est impossible avec Thomas. Je lui fais face et m'avance prudemment vers lui. Un autre clic, encore et encore. Je le balaye du pied. Le géant, au repos, se redresse sur un coude, j'entends le froissement de sa chemise. Si j'avais eu vingt ans de plus je serais sûrement tombée amoureuse de la bête. Mais je la préfère en laisse, adoucie, avec ce que j'imagine de son regard, de ce corps massif, de ces mots qui sortent de sa bouche, sa vie à parcourir la Bosnie, la Serbie, ou Israël chez moi, ses photographies dans un village abandonné aux portes de Jérusalem, un temps suspendu comme une parenthèse qui entretient le mystère. Clic. Je ne dis rien. Je veux bien. Je m'abandonne. Je m'allonge à quelques pas. Le vent et la poussière me caressent. Clic. Thomas me demande de me lever. C'est un ordre. Pas de temps à perdre. Nos trente ans de différence comme une perche géante pour passer bien au-delà de l'infini. Je joue avec mon corps comme le vent en fait autant. Je ne suis que moi-même. Je n'ai jamais eu de petit ami. Ma vie sentimentale est aveugle. Qui voudrait d'une infirme comme maîtresse, épouse, ou mère ? La seule personne qui me regarde vraiment pour la première fois, c'est lui, le photographe allemand qui préfère les hommes et qui se moque bien de tous mes dons. Pas question d'en tomber amoureuse, je serais malheureuse. Et puis trente ans de différence, quand même... Ce n'est pas le genre d'homme à rester toute sa vie sur le toit du monde. Il y a tant de pays en guerre. Je sais qu'il s'en ira un jour. Qu'il cherchera une réponse à ce chagrin dont il refuse de me parler. Cet imbécile marchera sur une mine sans le vouloir. Clic. L'appareil s'est rapproché. Je cache mes paupières sous les mains. J'entends rire Thomas. Je tends mes lèvres. Mais seul le vent y dépose un baiser. Thomas a disparu. J'avance la main au hasard, je ne sens même plus son parfum, ce que son corps me renvoie. Un peu de sueur, un peu de poivre. L'odeur revient, dans mon dos. Je me retourne doucement. Thomas me demande de ne plus bouger. Je sais qu'il m'aime comme je suis. Juste moi-même et ma béquille qu'il fauche d'un clic. Des photographies pour lui, l'animal, qui rôde autour de moi, un faune qui se dresse sur ses pattes et oublie, un instant, qu'il va peut-être perdre la vue. Je n'ai jamais fait l'amour. Bien sûr j'ai embrassé des garçons, et certains ont essayé d'aller plus loin, insistants et lourds. *Maspik !* (« stop ! »). Enfin, j'aurais voulu. Je me dis que je n'ai pas encore l'âge, que c'est pour bientôt. Un garçon de mon âge qui saura m'aimer. Thomas avec trente ans de moins. Un apprenti photographe qui après m'avoir embrassée me demandera de grimper sur le toit du monde.

Clic. Thomas me dirige comme un chorégraphe. J'exécute chaque mouvement, pour lui plaire. Je m'abandonne complètement. Je devrais m'enfuir. Mais j'en suis incapable. Une aveugle sait tout faire quand il s'agit de parler avec son corps. Le géant rugit, j'obéis. Tout comme le vent et la poussière, sa voix danse tout autour de moi et m'habille autrement. Je n'ai jamais fait l'amour mais ça doit ressembler à ça. Je suppose. Mon corps s'élance et se détend. Mon corps est à lui, cet objectif que je ne vois pas. J'entends juste la voix de la bête, je guette ses mots comme une langue qui m'est étrangère. Je ne me reconnais pas. Mais que sait-on à seize ans ? Tout, quand on est aveugle. J'ai développé chaque sens autre que la vue pour mieux comprendre. Mes parents à Jérusalem, loin de moi, que je n'ai jamais vus, juste effleurés entre mes mains. Mon oncle riche, abandonnant ses travaux et sa ville souterraine, pour gérer nos vies ici. Mais voir ne fera pas non plus de moi une personne ordinaire. Comme Thomas, je suis dans l'empathie. Je prends, je donne. Je vis des autres, j'apprends des autres. Je me nourris comme un fauve. J'ai entendu des balles siffler à mes oreilles, une explosion détruire un café où mes parents adoraient se rendre. Hannah, ma meilleure amie, a été blessée en sortant d'un restaurant. Mais Thomas m'en apprend davantage sur la vie, les sensations, les sentiments. Ma bête, mon géant, mon jumeau. Clic. Je m'abandonne. Modèle-moi. Mais ne t'attache pas à moi, sous mes regards sans expression, je suis bien plus dure que tu ne le crois. Mes parents sont loin d'ici, tout comme Hannah ; une part de moi est restée en Israël.

Thomas est venu me chercher à la clinique, bien avant mon oncle. Le médecin a confirmé le succès de l'opération. Même si les formes risquent d'être imprécises, c'est sur le toit du monde et avec Thomas que je veux découvrir ce miracle. Thomas a acheté des vêtements qu'il me demande de porter. Je m'habille près de lui sans savoir s'il me regarde. Je ressemble sûrement à un garçon avec mes cheveux coupés court avant l'opération, et ces habits masculins. Mais pour Thomas, je reste Ruthy. Il ne me lâche pas en gravissant cette montagne. Sa main est une canne, sa main est un guide, sa main est immense : j'y ferai disparaître les miennes. Je me laisse tirer comme une charge, une aveugle qui bientôt ne le sera plus. Je me laisser tirer par Thomas qui pourrait m'emmener sans doute bien au-delà de cette montagne.

Au sommet du toit du monde, Thomas défait les bandages. Je lève ma main sur ses yeux à lui. Je l'ai entendu respirer trop fort. Un pressentiment. Comme le jour où j'ai su que je portais le prénom de sa mère, Ruth. Thomas pleure. Des perles rondes comme des gouttes de pluie. Je les sèche d'un revers de la main, mais elles reviennent, ces gredines. Je ne dis rien. Je sais qu'en enlevant les bandes, il pense au monde que je vais découvrir. Je m'intéresse plus à lui qu'à la dernière gaze retirée avec douceur. Une lumière me traverse, aussi intense et douloureuse qu'une pluie d'épingles. Je porte mes mains aux yeux, je veux les coudre, rester aveugle au monde.

Quelques minutes d'éternité et les pointes s'évanouissent les unes après les autres. Pas un coucher de soleil sur ces maisons hautes comme des dés de géant. La lumière est aveuglante. J'ouvre et ferme les yeux comme un papillon prisonnier de tant de brillance. Tout est flou et aveuglant, à quoi bon ne plus l'être. Je sens ses mains sur mes joues, comme s'il cherchait les battements de mon cœur le plus intime. Comme s'il était devenu aveugle à son tour. Des contours, des formes se dessinent. Thomas saisit mon visage et le tourne vers les plaines. Mais je reviens vers lui. C'est son visage que je veux voir en premier. La lumière brûle mes paupières. J'imagine un clic. Mais Thomas n'a pas pris son appareil photo. C'est juste entre lui et moi. La chaleur de ses doigts le long de mes joues me réconforte. Thomas, reste avec moi. *Hishaer iti*. Je le prononce en hébreu et ne le traduirai pas. Tu es un homme libre. Pas de cage, pas de laisse. Tu partiras un jour. Thomas, n'oubliez pas de prononcer le *S* de son prénom allemand, s'il vous plaît. Cet homme est pluriel.

La lumière cesse de brûler mes paupières, comme ce soleil qui disparaît derrière les montagnes roses. J'ouvre les yeux. C'est bien lui. Sa barbe bouclée. Ses lèvres qui jouent à l'infini, surtout en ce moment précis. Ses sourcils épais et broussailleux. Son front grand et marqué de rides, comme des bribes de Bosnie ou de Serbie. Ses yeux, je m'y noie un moment. Puis je dessine chaque détail de son visage avec mes doigts comme si j'étais retournée dans les ténèbres. C'est ma façon à moi de le photographier, de le garder en moi à jamais. Je me fiche bien des paysages grandioses. Je sais que je ne devrais pas. Ne pas tomber amoureuse de la bête, comme on tomberait dans le vide sans penser à la mort. Je m'en fiche de voir enfin le rose de la montagne, le bleu du nouveau monde. Je ne vois que lui, son intensité et sa joie. La tristesse de ses yeux me dit tout. Je comprends ce chagrin dont il ne voulait pas parler. Thomas, terrifié par la mort, a tant de choses à vivre encore. Thomas, le photographe qui un jour doit partir, quitter l'Utah et m'abandonner. Juste au moment où je retrouve la vue. Pour aller mourir comme un chien qui aurait la rage dans un pays en guerre. Mourir d'autre chose. Peu importe. Je lui demande de rester. *Hishaer iti*. Et cette fois-ci, je le lui traduis. On n'implore pas un homme libre. Je ris, je pleure, je dis que le bleu est bien moins insolent que dans mon imagination, que sa barbe est bien plus sombre que la nuit. Je vois ses yeux rouler comme s'il perdait le contrôle de sa voiture sur une route sinueuse, et s'interrogeait sur le sens de ma demande. Je le vois se détourner de mon visage, s'asseoir à mes pieds comme un sac trop lourd à porter, son corps massif se tassant soudain. Il dit d'une voix blanche qu'il va rester. Qu'il ne promet rien. Je crois que je bats des mains. Il ajoute que je suis la meilleure amie qu'il ait jamais eue. Je souris. Et mon sourire illumine tout mon visage. J'ai envie de danser, de crier. Alors je crie. Je criais avant, quand j'étais certaine d'être seule. Je criais mon désespoir jamais montré, je criais ce que je croyais être de la détresse, juste des émotions intactes, vibrantes. Et sur ce toit du monde, je crie mon bonheur. Et Thomas en fait autant. Nous crions vers le bleu, les aigles qui dansent au-dessus de nos têtes, l'immensité des plaines qui descendent vers le soleil. Nos cris s'éteignent dans le jour qui descend et nous ramènent au village. Deux âmes sœurs, des jumeaux, deux amis protégés par le toit du monde. Je sais que la main de Thomas ne sera jamais loin, même là où la guerre le rend encore plus vivant. Je vais enfin différencier les couleurs, observer la vie autour de moi. Trouver un travail ici et attendre qu'un jour Thomas revienne pour de bon sur le toit du monde. Car je sais qu'il retournera sur ces collines roses, quand il n'aura plus peur de mourir. Et tant pis pour les hommes qui me tourneront autour. J'attendrai, le pied léger, le cœur apaisé par tant de compassion. J'aimerai alors sans retenue. Un homme de mon âge, sensible, prêt à partager ses émotions. Un homme qui pleure. Un homme qui aime crier sur le sommet des montagnes. Un berger, un inconnu de passage, un vendeur d'éventails. Ruthy, dis-le. Un photographe. Un géant qui saura me murmurer à l'oreille *Kokhev sheli*, « mon étoile ».

Gris

J'ai douze ans, je me nomme Tom. Ma sœur, Louise, est née deux ans après moi. Et Corentin, lundi dernier. J'ai aussi un autre frère qui n'a jamais eu de prénom. Il est parti entre Louise et Corentin. Je l'appelle Gris. Louise aussi. On écrit son prénom au feutre et on laisse les ballons s'envoler à la fenêtre. Quand ils sont si hauts qu'on ne les voit plus, on se dit, Louise et moi, que Gris peut enfin jouer avec. Une fois, Louise y a accroché un de ses pyjamas bleus pour qu'il n'ait pas froid l'hiver. Nos parents n'en savent rien. Quand papa a rencontré maman au cirque, il s'est suspendu à l'envers à sa fenêtre. Elle était juste à sa hauteur. Elle a attrapé son visage et y a déposé un baiser. Ils s'aiment fort depuis tout ce temps. Ils sont toujours ensemble, au sol, comme dans les airs.

Maman est rentrée de la clinique. Elle doit rester au lit et se reposer. Elle ne viendra pas nous chercher, Louise et moi, assis tous deux sur le rebord du toit. Quand elle le fait, c'est en enjambant la fenêtre, puis en glissant ses pas nus sur le muret étroit, avant de grimper l'échelle en fer et d'atterrir sur ses pieds après sa double pirouette. Papa et maman sont acrobates. Ils s'entraînent depuis toujours. À quatre ans, maman savait déjà faire le grand écart. À six, papa perfectionnait ses assouplissements et marchait sur une main, ses pieds noués autour du cou. Je sais qu'ils ont travaillé dur pour en arriver là. Maman a même pratiqué la danse. Quand elle marche, on dirait que le sol se dérobe sous ses pas. Papa a fait beaucoup d'athlétisme et de gymnastique acrobatique. Quand il danse, il écoute les battements de son cœur et dit que cette musique-là lui suffit. Toute la maison vit à leur rythme. Le matin, maman nous dépose à l'école bien avant l'heure pour travailler au mât chinois, une barre de six mètres plantée au beau milieu du salon, sur laquelle elle se hisse comme une liane, montrant du doigt le rectangle du ciel illuminant le toit vitré. Puis elle vient nous chercher, Louise et moi, assis sur les marches de l'école à nous demander si Gris aurait été aussi patient que nous. Louise s'endort parfois sur mon épaule, ses petites mains roulées en boule. Ou elle sort son portable et appelle des amies avec lesquelles elle tient de longues conversations à propos du Nicaragua et de la cuisson des pommes de terre. Puis elle raccroche sur un « quelle conne » et on ne sait jamais qui est la conne. Si c'est Louise qui refuse de s'intéresser aux autres, ou cette amie inventée, aussitôt remplacée. J'ai bien essayé de me lier aussi avec des garçons à l'école mais je trouve qu'ils manquent de tout. Leurs mèches blondes sont trop ordonnées pour moi. Les mots qui sortent de leur bouche sont aussi creux qu'une coquille d'œuf. Au cours de sport, je grimpe la corde à nœuds juste avec les mains, les laissant tout en bas avec leurs yeux énormes comme si je volais au-dessus des toits. Je saute à pieds joints sur le cheval d'arçons et ajoute une double pirouette avant de retomber sur mes mains. Toute la classe me regarde avec jalousie. J'ai les meilleures notes qui soient, je m'entraîne tous les jours avec papa. C'est mon cours préféré. Les autres matières ne m'intéressent pas. Louise est comme moi, et grâce aux leçons de maman elle danse à faire tomber les garçons à ses pieds. Mais elle ne les regarde même pas. Elle pense à Gris. Elle se demande parfois à quoi il ressemblerait aujourd'hui. Elle l'aurait bien entraîné dans une bachata toute la nuit, entre les cheminées du toit où elle adore se balancer casque aux oreilles, toupie sur ses pieds nus, yeux fermés ne craignant pas le vide. Elle est incroyable pour son âge. Je la rejoins parfois sur le toit d'en face. Papa et maman se sont endormis, plus personne ne nous surveille. J'invente la musique avec deux baguettes que je frappe sur les antennes de télévision ou le fer des rampes d'escalier. Louise semble se plier sous la caresse du vent puis se redresse, un pied tendu vers nos fenêtres, son pyjama bleu se fondant dans la nuit. La lune la prévient du danger qu'elle ne voit jamais. Louise, en équilibre, son regard muet, défie l'univers.

Ce matin, nous avons fait la connaissance de Corentin dans son berceau. J'ai posé un doigt dans sa main qui s'est aussitôt refermée. Un bec de perroquet n'aurait pas mieux fait. Ses minuscules yeux bleus m'ont léché le visage. Louise adore ses oreilles qu'elle a cachées sous ses pouces. Maman semblait furieuse dans son lit. La priver d'exercices est la pire des punitions. Les voir s'entraîner tous deux avec papa est un moment unique à chaque fois. Tout semble si facile. Leurs corps en mouvement, souples et délicats, des pointes à leurs bras dépliés, défiant l'équilibre et se retrouvant comme un Lego, emboîtés, liés l'un à autre par toutes ces années à répéter ensemble. Puis l'ascension du mât chinois, papa s'élançant le premier, attrapant le trapèze, volant au-dessus de la table basse couverte de journaux et de fruits dans la corbeille. Quand il revient vers le mât, maman est prête, elle n'attend que ça, sauter dans le vide et se retenir à ses chevilles. Pas de filets, comme le cirque aux portes de la ville, où ils se rendent le soir. Pas d'erreur possible. Tant pis si Louise et moi ne réussissons pas à obtenir la moyenne dans les matières qui ne nous intéressent pas. L'école est notre maison. Il faut bien qu'elle s'entraîne, que ce corps lui obéisse, que la danse et elle ne soient qu'une, enivrée par le « one, two, three » qu'elle lance en claquant la langue, les yeux rivés sur ce miroir qui lui renvoie cette silhouette aussi gracile que celles des derviches tourneurs, la vidéo en boucle sur l'écran de télévision. Tourne, tourne, tourne, sur elle-même, sa tête penchée en arrière, Louise et moi assis bien sagement, rentrés de l'école où on n'a rien appris, la regardant répéter encore et encore. Louise aura sa leçon de danse après, tandis que papa et moi accomplirons trois cents pompes. Je les achève même d'une seule main. Je sens mon corps durcir pareil au fer des rampes d'où je guette encore Gris, comme s'il allait surgir de la nuit comme un chat errant, heureux d'avoir retrouvé son chemin. Papa et maman n'en parlent jamais. Né pour rien, ni personne.

Gris, aurais-tu appris les sciences mieux que Louise et moi ? Aurais-tu détesté la corde, les bras ballants, refusé les pompes et la danse en n'écoutant que ton cœur ? Comme moi, parfois ? Je t'écris de longues lettres où je te raconte nos journées à l'école, les mouches que j'attrape d'une main et que j'hésite à relâcher, la fenêtre grande ouverte qui me donne des envies d'évasion, les têtes trop blondes que j'escaladerais d'un pied à l'autre, le prof de français et sa tête ronde comme une olive verte, les textos de Louise qui s'ennuie et me demande si je connais la recette du kouign-amann pour une de ses amies. Je te dis aussi toutes les leçons qui nous attendent à la maison, toute cette sueur, et cette étrange volonté de vouloir sans cesse aller plus loin, comme si aucune limite ne pouvait être atteinte. Et la nuit avec Louise à danser sur les toits, entre les cheminées et les rampes qui mènent aux escaliers.

Personne pour nous garder les soirs au cirque, alors nous suivons papa et maman, tout en regardant la ville défiler par la vitre de la voiture. Ce serait beau si tout le monde dansait, une chorégraphie géante du trottoir aux bus, les bras levés, les jambes dressées sur la pointe des pieds, les mains se frôlant au passage, les regards plus intenses, la bouche en sourire, les parapluies s'envolant au ciel, cherchant à te protéger de la pluie, Gris, où que tu sois. Mais rien ne bouge, les passants marchent d'un pas décidé comme s'ils savaient où ils allaient. En vérité, Gris, ils sont perdus, ils vont avancer jusqu'à ce qu'ils tombent, épuisés. Les parapluies, eux, rouleront sur le trottoir et serviront de porte-monnaie aux musiciens des rues. Les bouches peuvent attendre longtemps leur sourire.

Au cirque nous sommes assis dans une loge qui donne sur un côté de la scène. La porte de sortie est tentante, si nous revenons à temps qui le saura ? Louise et moi égarés dans la grande ville, et pas un sou en poche. Louise appelant une de ses amies pour la prévenir qu'on est à Budapest et qu'elle aimerait bien qu'on lui explique une bonne fois pour toutes ce qu'est une racine carrée. Je pense à Corentin qui vient de naître, à toi Gris qui nous a quittés. Je ne doute pas que Corentin nous plaira en grandissant. En attrapant mon doigt, il a montré ses capacités d'acrobate. Bienvenue dans la famille. Peut-être sera-t-il rebelle à la discipline, préférant les mille-feuilles et la bière. Peut-être que le mât chinois lui servira à se gratter le dos et qu'il passera devant le miroir de maman en tirant la langue. En attendant, je demande à Louise de ranger son portable. Elle me regarde en haussant les épaules. Elle compose un autre numéro et dit qu'elle vient d'arriver à Vienne et qu'elle ne supporte pas la sauce mousseline des asperges blanches. Je lui arrache son téléphone des mains et le jette en l'air. Il y reste. Nous avons beau guetter, Louise et moi, il ne retombe pas. Louise pense qu'une personne accoudée au premier étage a dû l'attraper au vol. Je lui tends la main et lui demande de prendre mes écouteurs et mon portable. Moi, je suis comme papa, les battements de mon cœur me suffisent. Elle veut savoir ce que nous allons danser. Une guajira ? Un paso-doble ? Je regarde le ciel, il commence à pleuvoir. J'ouvre la bouche, écarte les bras. Je crie à Louise « N'importe quoi ». Un passant se retourne, puis deux. Ils se dépêchent, il pleut. Louise porte mon casque et monte le son. La pluie ruisselle sur son visage, ses bras nus. Elle pose la main sur son ventre et esquisse quelques pas en avant, puis en arrière. Elle s'arrête et me regarde. Ses yeux sont rieurs, adieu le kouign-amann. On pourrait être n'importe où. Budapest, Vienne, Istanbul, ou Berlin. J'imite Louise. Mais Louise sprinte. Ses épaules chavirent, ses bras se déplient. Elle s'arrête net, tourne sur elle-même et me tend la main.

Gris, nous allons danser, nous perdre dans ces rues, nous faufiler entre les gens, comme les cheminées sur les toits. Gris, je dois te laisser. Je ne sais même pas où t'envoyer ces lettres. Je devrais les accrocher la prochaine fois aux ballons pour qu'elles arrivent jusqu'à toi.

La main de Louise m'arrache à mes pensées. Son pas claque le trottoir. Je vais tourner autour d'elle, faire quelques pompes sous la pluie, me redresser l'air de rien, l'air de tout. La rue est une scène. Un passant nous applaudit. Louise lui fait une révérence et lui demande s'il n'a pas trouvé son portable. Plus rien n'a d'importance, je tourne et tourne et tourne sur moi-même.

La pluie s'arrête. Le temps aussi. Plus rien ne bouge à part Louise et moi qui continuons à danser. Les gens se sont figés comme des statues. Tous immobiles, le pied levé, le bras tendu, la tête penchée. Le temps semble suspendu dans les airs. Seul le brouillard recouvre toute la rue. C'est à ce moment-là qu'il apparaît, s'avançant vers nous dans un pyjama bleu, un ours en peluche dans sa main gauche. Son sourire est immense. Dans l'autre main, il retient nos ballons et le portable de Louise. Le rire embrase son regard. Louise court vers lui. Je les regarde se serrer l'un contre l'autre. Trois pirouettes et j'y suis. Nous avons retrouvé Gris. L'univers peut disparaître.

Tous ces ballons avec son nom écrit au feutre, ce n'était pas pour rien. Une larme glisse sous ma paupière. Gris la rattrape et fait apparaître un diamant au bout de son doigt. Louise ne veut plus de son portable. Elle dit qu'il ne sert à rien. Que toutes ses amies sont connes et qu'elle se fiche bien de Zanzibar et de la compote de citrouilles. Elle a toujours su que Gris reviendrait dans son pyjama bleu avec son ours à elle oublié sur le banc d'un jardin. Gris pointe la rue du doigt. Celle-ci s'anime soudain. Les statues redeviennent des passants qui se pressent dans la nuit. Le brouillard disparaît. Il est trop tard pour retourner au cirque. Gris dit que non et ferme nos yeux sous une pluie d'étoiles dorées. Quand ils s'ouvrent, nous sommes assis dans la loge du cirque. Gris et moi portons le même costume bleu marine, élégant, avec un nœud papillon sur notre chemise blanche. Louise est habillée d'une belle robe aux fleurs rouges, ses cheveux blonds relevés en chignon. Elle regarde avec des jumelles le numéro de papa et maman qui commence à peine. Le temps s'est enroulé autour du mât chinois. Rien n'impressionne Gris qui arrête le spectacle d'un claquement de doigts. Papa et maman suspendus en l'air, les trapèzes de travers, le public figé qui semble reprendre son souffle, avec des yeux aussi ronds que des myrtilles. On se promène parmi eux. Louise emprunte un éventail et s'évente la tête en arrière. Gris souffle fort sur nous et nous nous retrouvons, Louise et moi, assis sur les trapèzes de travers. Il a sorti de ses poches des poignées de confettis qui retombent par milliers sur tout le cirque et font disparaître le public. Gris vole vers nous, nous prend la main et nous quittons le cirque par une fenêtre grande ouverte. C'est bien au-dessus des cheminées que nous rentrons à la maison, filant entre les nuages qui s'écartent sur notre passage.

Papa et maman sont déjà rentrés. Ils regardent encore le documentaire sur les derviches tourneurs. Gris applaudit des deux mains. Maman se retourne. Elle a rajeuni. Papa aussi. Toutes les petites rides au coin des yeux et de leur bouche s'en sont allées. Je grimpe aussitôt dans la chambre de maman. J'en étais sûr, le berceau n'est plus là. Corentin n'est pas encore né. Je redescends. Maman serre Gris contre elle. Papa fait le tour de la table basse sur une main, les deux pieds noués au cou. Louise a gardé l'éventail et fait danser une poignée de confettis qui se multiplient et montent le long du mât chinois. Sur l'écran, les danseurs exécutent trois tours en marchant. Le premier, la création par Dieu du soleil, de la lune, des étoiles et de tout ce qui n'est pas vivant. Le deuxième, la création des végétaux et le troisième, celle des animaux. Puis les derviches tournent sur eux-mêmes. Leurs bras sont tendus, une paume tournée vers le ciel, l'autre vers le sol. Tout comme papa et maman. Le rythme s'accélère, les mouvements des danseurs se font plus amples et plus rapides. Gris me regarde. Dans ses yeux, je vois virevolter les derviches. Les vêtements serrés à la taille se soulèvent et m'emportent au milieu des danseurs. Je danserai jusqu'à l'aube, sans me soucier du temps suspendu que m'offre Gris pour cette nuit, et sûrement toutes les autres à venir. Papa et maman sont heureux. Gris n'est jamais parti. Rien de tout cela n'a jamais eu lieu. À bientôt Corentin.

La photographie

Je déteste mon prénom, Rose, comme la fleur que n'importe qui renifle entre ses doigts sales. Je n'aime que mes épines. Elles égratignent ceux qui cherchent à m'approcher. Je déteste mes parents depuis que je suis née, douze ans plus tôt : je ne connais d'eux qu'une photographie en noir et blanc encadrée dans le salon de tante Ameline. Ils me regardent, leurs yeux éblouis, lui dans son costume flottant, comme s'il cherchait à disparaître, elle sous un chignon défait qui dissimule ses oreilles, sourde à mes cris. Je n'aime rien d'eux ; de leur vivant, je les aurais sûrement abandonnés. Je déteste aussi mon frère Aidan, ses onze ans, ses yeux verts, et son sourire ingénu qui plaît tant aux commerçants de notre village. Par contre j'aime son silence quand il me dévisage. Et tous ces violons dans ma tête qui illuminent mon existence.

Heureusement, il y a Neil.

À l'école, les garçons me tournent autour. Je n'ai qu'à désigner du doigt celui que je prendrais à l'heure du goûter, mais je préfère mon orange. Les filles, elles, frissonnent en m'apercevant, je ne suis rien d'autre, à leurs yeux, qu'un courant d'air. Qu'ils aillent tous en enfer. J'ai pensé, aussi, brûler la photographie, et la maison avec. Moi, perdant connaissance dans le salon, parmi les cendres et le verre brisé, les violons se désaccordant soudain dans mon encéphale.

Je rêve de Neil. Je suis une plume traversée de lumière qui atterrit entre ses mèches blondes.

J'en ai assez de ce sac à dos, du poids de ces livres, à l'intérieur, que je ne lirais sûrement jamais. Je m'en débarrasse sur le chemin de l'école. J'en dépose un sous le banc, ou sur le pas d'une maison désertée. Ils ne sont jamais là quand je reviens. J'aimerais conduire et m'enfuir. J'irais n'importe où, s'il y a un ailleurs au-delà de ces murs. Un jour de pluie, j'ai tenté de partir. J'ai laissé mon sac dans l'arbre creux, sur le chemin de l'école. J'ai marché longtemps sans me soucier de l'eau qui ruisselait sur mes joues comme un chagrin jailli du fond de moi. Mais je revenais toujours sur la place unique de ce village, avec cette fontaine en pierre blanche et ces anges en équilibre sur son rebord. Je suis passée plusieurs fois devant la seule pharmacie où tante Ameline achète les sirops pour sa toux, l'église où le bon Dieu ne se montre jamais, la boucherie et sa volaille suspendue qui m'oblige à me masser lentement le cou. Je suis retournée à la maison, trempée comme si j'avais sauté dans l'étang. Une bronchite, a dit l'unique médecin, un vieux cochon qui m'a palpée comme si j'étais une liasse de billets entre ses doigts velus. J'ai hurlé.

Neil n'est jamais loin. J'aime l'observer, les mains cachées derrière mon dos. Je le suis dans les allées du parc. Cet amour-là est en moi comme l'eau au fond d'un puits. Nul ne le voit.

Aidan m'observe sur le pas de la porte. Il sait qu'il ne faut pas me toucher. Une main sur mon bras, un commerçant m'ébouriffant les cheveux me rendent folle. Mes cris sont si aigus qu'ils briseraient des vitres. Personne dans ce village ne vient à moi depuis que les vitraux de l'église ont été remplacés. Le bon Dieu n'a rien dit, aussi aveugle et sourd que les anges en équilibre sur le rebord de la fontaine. Ce jour-là, Aidan s'est endormi sur mon épaule. Ma respiration s'est accélérée, j'aurais voulu que tout s'arrête, les chants, le crissement des pas sous les bancs de l'église, que mon frère se réveille, sa tête loin de moi, mais tout ce bruit est monté en moi ne me laissant pas le choix. J'ai crié si fort que ma voix s'est brisée, entraînant les vitraux avec elle, comme un écho à ma colère. Une femme enceinte s'est même évanouie, sa bible ouverte comme un toit sur son ventre rond. Tante Ameline nous a poussés, Aidan et moi, hors de l'église, sous le regard hostile de tout le village, une cigarette figée sur sa lèvre. On pouvait deviner la romance des violons entre les feuilles desséchées qui revenaient et tournoyaient dans l'air glacial de l'hiver.

Neil cueille des fleurs sauvages et de la fougère. J'aimerais que ce soit pour moi, qu'il se retourne et m'aperçoive. Comment le pourrait-il, tandis que j'avance sans un bruit, me cachant derrière chaque arbre du bois. Les violons jouent un air mélancolique qui m'enveloppe mieux qu'un manteau.

Je ne veux rien savoir de mes parents. Cette image défraîchie me suffit. Je l'évite en entrant dans le salon. Je m'assois toujours à la même place, un fauteuil placé juste en dessous qui m'empêche même d'y penser. Tante Ameline ne me parle jamais de sa sœur, à croire qu'elle est morte longtemps avant la photographie. Je sais Aidan plus curieux mais je n'en montre rien, ses questions me bouleversent. Je déteste les entendre dans ce salon lugubre où tout est sombre, des tapis au plafond, jusqu'à ce carré de fenêtre obstrué par un arbre qui retient la lumière du dehors. J'ajuste ma musique au casque, je n'écoute que ça.

Le seul garçon qui m'intéresse, Neil, ne me regarde pas. Je l'ai remarqué à la rentrée, un peu isolé, il ne parlait que le danois. Depuis, j'apprends ses mots à lui, chaque soir sur Internet. Ses cheveux sont blonds. Le soleil, quand il se montre, les enflamme. Ses yeux sont aussi bleus que la mer. Du moins je l'imagine ainsi, je ne connais qu'un étang. Je ne sais pas comment l'aborder : j'ai peur de moi s'il me touche. Je l'observe, comme Aidan le fait avec moi. Son regard triste me parle, j'ai envie de crier. Je pourrais m'enfuir de ce village avec lui. Je suis certaine qu'il connaît le passage secret pour parcourir l'univers que je devine sur la mappemonde. Rester ici ne m'intéresse pas.

Qu'y a-t-il derrière cette photographie ? Nous ont-ils seulement aimés, Aidan et moi ? Quand je pense à Neil, ça me donne la force de me souvenir. Les battements de mon cœur résonnent dans ce silence étrange. Ma tête est sur le point d'imploser mais rien ne vient. Est-ce que je criais déjà, allongée sur son ventre à elle, ma joue sur son sein ? Si forte, ma colère, qu'ils sont partis en nous abandonnant chez tante Ameline ? Le passé me donne le vertige. J'enrage de ne pouvoir le contrôler. Je sais pourquoi je suis si furieuse. Je voudrais voir disparaître ce village et tous ceux qui ne savent rien de mon histoire. Moi comme les autres.

Je vole un pain au chocolat à la boulangerie. Je remonte la seule rue, occupée en son centre par la fontaine. Je donne une claque aux anges pour qu'ils se souviennent de moi. Loin devant, Neil regarde le soleil se coucher. Il étend ses bras comme s'il cherchait à voler. On dirait un ange pour de vrai, même s'ils n'existent pas.

Je m'approche de lui. Je dis *hey, hej hvordan går det*[1]. Neil se retourne et me tend la main, surpris. Je recule. Le soleil étire mon ombre jusqu'à lui. Elles se confondent. Mon cœur prend la mesure de l'espace qui nous sépare. Sans amour, on n'est rien. *Je dors entourée de mes parents. Les doigts de maman effleurent mes joues comme une porcelaine fragile. Ceux de papa ôtent doucement les barrettes de ses cheveux. Ils se défont et roulent sur son visage que papa dégage entre ses doigts, les obligeant à retomber sur ses épaules nues.* Et tandis que les violons envahissent ma tête, j'avance vers Neil.

1. Bonjour, comment vas-tu ?

Le fleuve des oiseaux peints

Face à moi, il y a cette avenue, assombrie au crépuscule, qui descend vers la mer. De chaque côté, d'élégants palmiers s'agitent faiblement, soufflés par un vent tiède qui fait s'envoler mon châle. Je le rattrape d'une main, tout me semble irréel. Je viens d'arriver à Colonia del Sacramento. Je suis restée longtemps sous la douche, les yeux fermés, appuyée contre le carrelage frais. Je sors de l'hôtel et marche au hasard dans cette ville d'Uruguay où j'ai vécu autrefois. Le ferry n'arrive de Buenos Aires qu'au matin, j'ai toute la nuit devant moi. Je m'arrête un instant sur le pavé, presque noir à cette heure, et observe ce paysage empli de solitude. Quelques voitures attendent, sagement alignées entre les troncs des lataniers. Leurs occupants semblent s'être évaporés depuis longtemps. Mon pas résonne sur le sol. Cet écho me rappelle un souvenir insistant. Je vais vers la mer ; peut-être même que la mer vient à moi, comme le reflux de mon enfance. Je dépasse la décapotable en bas de l'avenue, avec un paquet de cigarettes oublié sur le siège. J'en fume une, assise sur le capot. Je pense à Sebastián, à notre dernière conversation au téléphone. Je suis à quelques pas de cette plage déserte comme un rendez-vous que je retarde volontairement pour garder encore un peu de cet amour en moi.

J'ai vingt ans, je m'appelle Ethel, je viens en Amérique du Sud retrouver mon frère que je n'ai pas vu depuis dix ans. J'ai traversé cette avenue sombre de Colonia pour ressentir l'abandon du sol sous mes pas. J'ai fui mes parents à Bordeaux, leurs mensonges mis à nu. Je n'oublierai pas leurs visages défaits, ce soir-là, comme un lit après l'amour, cet amour dont ils ignorent tout ; le doigt de mon père, Amos, suspendu dans l'air, menace immobile et ridicule. Ses mains à elle, sur ses joues, comme si je venais de la gifler. J'aurais dû. Depuis je souffre d'acouphènes. Une colère sourde siffle de mes tympans au sommet de mon crâne. Je l'ignore, contrairement au passé avec lequel je suis venue me réconcilier, ici, à Colonia. J'ai quitté Bordeaux et la rue des Argentiers, mes commandes de portraits, Jarod qui sait combien ce voyage compte pour moi. Mais je ne dois plus penser à lui. Ni à mes parents que je ne veux plus revoir.

Il y a une brisure nette entre les pierres, en bas de l'avenue. Les pavés écorchés semblent suspendus au-dessus de la flaque d'eau, où se reflètent les feuilles des arbres, en ombres noires et mobiles. Une herbe humide et résistante pousse entre les pierres. J'y vois comme une promesse. Je tiens mes escarpins à la main, marche lentement au bord de la mer. Je n'y croise personne. Pas un seul voilier sur cette surface brune, aussi étrangement lisse qu'un lac. Je retire mes vêtements et nage longtemps, longeant la côte, jusqu'à ce que l'eau devienne noire.

Je me revois enfant avec Sebastián sur une plage, à Punta del Este, où nous allions l'été. Je lui tiens la main. Nous sommes allongés à même le sable. La mer nous lèche les pieds, remonte sous nos cuisses avant de s'enrouler le long du dos. Le sable se creuse, nous nous y enfonçons plus profondément. Sebastián rit. Le corps de notre père surgit au-dessus de nous comme une ombre menaçante. Son visage a l'incandescence d'une cigarette. On ne sait pas si le soleil uruguayen l'a brûlé, ou si sa colère l'étrangle. Sebastián détale. J'essaie de le suivre mais mon père me rattrape par la cheville. Je m'étale, bras en croix. Maman a disparu sous ses lunettes noires. Elle regarde la mer, espérant rejoindre un de ces bateaux qu'elle imagine, pour ne plus revenir parmi nous. Sa sœur Julieta tente de la raisonner, s'agite autour d'elle en vain, nous montre du doigt, papa et moi, fait un geste vague en direction de l'horizon derrière lequel Sebastián a disparu. La mer est si agitée que personne ne s'y baigne. Aucun voilier n'y jettera l'ancre, et personne ne sera sauvé, à commencer par maman.

Je remonte vers l'hôtel. Je traverse des rues désertes que je photographie. J'ai choisi ce métier comme on aime la solitude et la liberté : ces moments rares que l'on vit si intensément parce qu'ils ne reviendront jamais. Je veux transmettre des émotions nues, la beauté de ce monde. Ses imperfections aussi. Je veux fixer le présent et oublier tout ce qui a existé avant. J'aime le silence de ces villes qui semblent abandonnées, leurs maisons basses et défraîchies, ces terrasses en hauteur où les arbres dominent, ces volets ajourés, entrouverts comme une invitation, ces lanternes suspendues qui, une fois allumées, irisent les pavés. Je pense à ces familles entières qui vivent derrière ces murs usés par la valse du temps. Je pense à ce poète uruguayen qui interpréta, à sa façon, l'étymologie de son pays en l'appelant *le fleuve des oiseaux peints*. Julieta me l'a raconté quand j'avais dix ans. J'imaginais une eau calme sur laquelle dérivaient des oiseaux peints par Sebastián, je m'y voyais comme dans un miroir. Une sensation apaisante, tandis que nous étouffions dans l'air moite de l'été, et que mes parents se disputaient encore et encore dans leur chambre. Le dernier été avec Sebastián, mais je n'en savais rien.

Autrefois, Julieta sortait le soir. Elle portait des robes que maman jugeait trop courtes, un rouge à lèvres *Scarlet Siren* qui lui dessinait une bouche fruitée, aussi rouge qu'un verre de bodega garzón, ce vin que buvait papa le soir avant de s'enfermer avec notre mère. Julieta, l'été, c'était l'insouciance, la légèreté ; si nous venions à Punta del Este, c'est parce qu'elle y vivait depuis longtemps. Elle avait épousé un Argentin fauché, musicien à ses heures, qui accompagnait parfois Gato Barbieri et se couchait tard, pas toujours dans ses bras. Elle l'avait suivi par amour, et sans sa beauté sauvage qui fit d'elle un modèle, elle se serait retrouvée à la rue, jetée par son musicien qui s'était entiché d'une héritière brésilienne. Elle se fit remarquer par un agent qui allait changer sa vie. Ma mère, elle, se chargeait de la bouleverser depuis l'enfance.

Ce soir aussi, il y a cette chaleur sourde qui tombait le jour comme un ciel bas au-dessus de notre maison. Les pales des ventilateurs soufflaient de l'air chaud. Nous étions presque nus, Sebastián et moi, vingt ans à nous deux, hébétés par la lenteur de nos mouvements. Cet été-là, les rues étaient aussi vides que le port de Colonia sans ferry. Le matin, nous restions au lit. Nos parents criaient dans leur chambre, mais cela ressemblait à une chanson trop écoutée : nous n'avions plus envie de l'entendre. Je me serrais contre Sebastián, je préférais les battements de son cœur, comme le doux métronome d'un temps incertain. Le bras de mon frère retombait sur mon épaule. Nous dormions sous le drap, comme enfermés dans une serre. La chaleur de son corps n'était que bienveillance. Je peignais d'un doigt un oiseau imaginaire sur sa clavicule. Je ne retournais pas à mon lit, juste au-dessus du sien. Le sommeil venait en fermant les yeux. Les cris des parents s'éloignaient au loin comme des passants ivres sous nos fenêtres. Nous étions l'un pour l'autre une seule et même personne, retenant nos larmes par crainte de nous y noyer. Ce chagrin, pareil au fleuve, était si contenu. Nous étions trop jeunes pour le comprendre. Les colères de notre père s'éteignaient pareilles à une flamme, le silence nous plongeait dans l'obscurité et l'oubli.

Maman et Julieta sont nées à Buenos Aires. Julieta me disait que Mela avait toujours été absente, laissant la vie la diriger, comme le vent le fait avec les drapeaux en bord de mer. Lors d'un voyage en France, Mela avait rencontré Amos et s'était mariée comme on achète malgré soi un vêtement qu'on ne portera jamais. Elle se plaignait parfois de son étourderie, une marche manquée dans l'escalier, une porte ouverte dans le noir qu'elle n'avait pas pu éviter. Les bleus couraient le long de ses bras tels des cours d'eau affolés, remontaient jusqu'à l'épaule en d'étranges tatouages boursouflés. Lorsqu'elle élevait la voix, tout se brisait, son corps si fragile, ses phrases inachevées, ce regard absent : rien ne comptait vraiment. Il y avait toujours l'ombre de sa main à lui qui s'abattait sur elle et la porte qui claquait. Maman s'était refusée à le dénoncer, il y avait longtemps qu'elle se sentait coupable de vivre. Les bleus le lui rappelaient chaque jour. L'éclat vif de sa prunelle s'était terni comme un miroir sans tain. Elle restait des heures face à la mer. Elle fixait le néant au-dessus de nos têtes, le vide abyssal de sa vie qui ressemblait à la pluie perlant sur une fenêtre. Elle se fermait lentement au monde.

Quand la vérité s'est faite à Bordeaux, brutale, aussi froide qu'un paysage en hiver, j'aurais voulu serrer ma mère contre moi. Lui dire que je l'aimais malgré tout. Ce *malgré tout* qui m'empêchait parfois de respirer, de vivre. Je devais cesser de l'excuser pour un rien. Lui dire combien je la haïssais pour ce qu'elle avait fait. M'en délivrer. J'en ai toujours été incapable. Je suis venue ici à Colonia pour faire la paix avec moi-même. Ma mère reste mon pire ennemi. Cet amour féroce déborde du fleuve. Les oiseaux peints gisent de chaque côté de la rive comme des poissons agonisants.

Je franchis la rue qui rejoint mon hôtel. Des flaques d'eau dessinent d'étranges animaux dans lesquelles se reflète le soleil couchant ; on aperçoit ses derniers embrasements dans le ciel. Les bêtes s'étirent, leurs oreilles brillent d'un éclat doré. La patte d'un chien réclame une caresse. Des loups se diluent dans l'eau blanchie par le soleil. Des perles bleues, oubliées par des enfants, étincellent à la place des yeux.

Une girafe prend toute la rue, sa tête disparaissant dans le gazon jauni. Demain je serai avec Sebastián. Je pourrais appeler Jarod, mais je n'ai rien promis. Je veux être toute à mon frère. Partager ce soleil doré qui s'étend sur les rues et les embrase. Courir après ces animaux fabuleux qui se répandent dans l'eau enflammée. Me souvenir de notre enfance.

Julieta venait rarement dîner dans notre maison à Punta del Este. Elle n'aimait pas Amos, sa peau frémissait à sa vue, comme le chat croisant un marcheur la nuit. Elle savait que maman lui mentait. Elle ne croyait pas un instant à la marche manquée dans l'escalier. Elle connaissait aussi la noirceur de Mela. Elle la savait capable du pire. Julieta ne restait jamais longtemps à Punta del Este. Son métier de modèle l'accaparait. Elle fuyait cette sœur trop sombre qui ne laissait que des cendres derrière elle et avait consumé son enfance. Au cours de ces dîners, Mela aurait gardé ses lunettes de soleil si Amos l'y avait autorisée. Elle aimait se cacher de tout et surtout de nous. Elle n'était ni tendre ni aimante. Je ne me souviens pas d'une caresse, ni d'un baiser sur ma joue. Elle n'a jamais été mère. Je doute, malgré nous, qu'elle ait été pour autant une épouse. Elle nous regardait parfois, Sebastián et moi, comme deux petites choses inutiles qu'elle aurait volontiers rendues au magasin. Et Amos ne comptait pas davantage.

Quand on nous a séparés, Sebastián et moi, tout s'est passé si vite que j'ai peine à me le rappeler. Maman a soulevé Sebastián du lit comme un colis trop lourd entre ses bras. Papa m'a prise par la taille. Je me suis accrochée aux barreaux en criant. Il me faisait mal, je sentais son haleine chaude, pareille à celle d'un animal. Il m'ôtait la douceur de mon frère, nos corps frêles l'un contre l'autre, comme une barque naviguant doucement sur le fleuve des oiseaux peints. Je me suis débattue, les doigts blanchis, à force de serrer ces tiges dressées comme des sentinelles qui ne nous ont pas défendus.

Punta del Este s'est refermée comme un mouchoir dans la main d'un magicien. Envolées les odeurs de *parrilla*, les *alfajores*, ces petits biscuits fourrés au *dulce de leche*, l'église du Saint-Sacrement où nous n'allions que pour son entrée aux murs ceints de briques orange et son assemblage désordonné de pierres plates qui nous apparaissait comme les portes du paradis : nous ne connaissions que celles de l'enfer. Ce monde merveilleux a volé en éclats, emportant au loin mon enfance. La Gironde est devenue notre fleuve. Je n'ai plus entendu parler de Sebastián. J'ai supplié, pleuré la nuit, bravé le regard sombre de mon père, celui, défaillant, de ma mère. Je savais juste que mon frère était resté en Amérique du Sud et que j'allais grandir sans lui. Julieta n'est jamais venue en France, et les rares fois où je lui parlais au téléphone, je la sentais distante. Il y avait dans sa voix un chagrin tout en retenue, un rire trop léger qui s'éteignait aussi vite qu'une lampe grillée. Maman avait exigé plusieurs fois sa présence. Julieta s'y refusait. Elle préférait, à Mela, les lumières crues des studios, toutes ces mains s'affairant autour d'elle, l'œil du photographe figeant sa beauté. On ne prononçait plus le prénom de Sebastián. Sa disparition avait laissé en moi un vide que rien ne remplissait. Même Jarod, que j'avais rencontré à Bordeaux. Il ressemblait à ce que serait devenu Sebastián si nous avions grandi ensemble. Du moins c'est ce que j'avais imaginé en échangeant quelques mots avec lui ce soir-là, ne voyant en Jarod que le vieillissement d'un souvenir. Plus tard dans la nuit, quand le corps de cet inconnu et le mien n'ont fait qu'un, j'ai cessé de penser à mon frère. De brèves images de Sebastián m'apparaissaient la nuit, comme des flashs me réveillant brusquement.

Une lumière crue, le contour de nos peaux, écarlate. Sebastián dort. Je suis assise sur mes talons, je le regarde. Le tatouage d'un oiseau peint sur sa poitrine se dilue et ruisselle sur son ventre comme un filet de sang. Je pose mes doigts sur son cœur, je le sens battre doucement comme s'il allait s'éteindre. La porte de la chambre est entrouverte. Maman se tient contre l'embrasure, elle nous observe sans rien dire. Elle retient un chardonneret entre ses dents qui se débat avant d'être dévoré.

Sebastián verrouille la porte de notre chambre et jette la clé par la fenêtre. Le lit semble aussi agité que les plages du Rio de la Plata, là où le Monumento al Ahogado prévient de possibles noyades. Les draps sont les vagues qui nous submergent. Les oreillers, des dunes dans lesquelles on s'enlise, Sebastián et moi. Au loin l'orage gronde, les cris de nos parents, pareils à des éclairs, zèbrent le ciel, plus rien ne sera comme avant. Il nous faut prendre la barque et fuir toute cette colère avant qu'elle ne s'abatte sur nous, pareille à la violence qui ondule dans cette maison, sournoise, destructrice.

J'arrive à l'hôtel. J'aperçois la façade aux fenêtres éclairées, des bribes de vie éparpillées, derrière les rideaux blancs, comme autant de voiles sur ces gens dont je ne saurai jamais rien. Ce silence fait resurgir mes acouphènes, comme un air discordant recouvrant ma solitude. Je m'arrête devant un baobab aux pieds robustes, ceux d'un éléphant. Les pavés gris se sont soulevés tout autour. On dirait que le sol gronde. Les racines blanches dessinent des ongles, puis l'arbre se sépare en deux et disparaît sous le feuillage dense et vert sombre. Je suis là, à Colonia, pour me rappeler Sebastián.

Julieta a toujours su pour sa sœur. Elle m'a téléphoné un soir d'automne pour tout me raconter. J'en ai serré mon portable si fort que le souvenir des barreaux du lit m'a submergée. Une part de moi est morte ce matin-là, emportant ce qu'il me restait d'insouciance. Je suis restée longtemps étendue sur le lit, fixant les imperfections du plafond, comme une succession de flashs qui me rendaient la vue après m'avoir éblouie. Julieta n'était plus dans la légèreté de l'été, pas un homme ne résistait à son métier de modèle et à ses voyages. Elle se retrouvait à nouveau seule. Nous étions toutes deux à la dérive, sans pouvoir maîtriser le courant qui nous entraînait. Sans le savoir encore, j'allais, flottante, à la surface du fleuve d'Argent, retrouver mon frère Sebastián.

Les mots de Julieta tournaient en moi comme un vertige. Mela avait séjourné plusieurs fois dans des hôpitaux. Elle s'était détachée de tout, comme si personne n'était capable de la ramener à la raison. Elle prenait des médicaments depuis l'enfance, des pilules roses ou blanches qu'elle avalait assise sur son lit, se balançant d'avant en arrière. Adolescente, elle peinait à suivre Julieta le soir, et trouvait toujours un trou où se terrer. Elle ne dansait pas. La musique n'entrait pas en elle. Rien ne l'aimantait. Elle obligeait Julieta à quitter les lieux. Son corps maigre se traînait, embrumé par les anxiolytiques qui ne rassuraient que sa famille. Personne ne s'intéressait vraiment à elle. On parlait d'elle à voix basse de peur que le secret de sa folie ne s'évente. On se taisait en sa présence : qui aurait osé lui demander si elle allait bien ? Ce manque d'amour avait fait de Mela un être inadapté, refusant, puisqu'elle en avait été privée, que d'autres puissent ressentir ne serait-ce que de la tendresse. Mon père a toujours été violent et colérique. Je sais maintenant que ma mère l'a choisi pour cette raison. Elle le provoquait sans cesse, cherchait à le faire sortir hors de lui, recevant la correction comme sa seule raison de survie. Elle justifiait son manque d'appétit par toute cette violence qui la nourrissait jusqu'à ses bras empourprés, ses yeux gonflés, ses paupières trop lourdes, ses jambes parcourues de griffures marbrées. Sa fragilité faussait sa perception des autres. Elle se punissait d'être différente. Elle se balançait d'avant en arrière empêchant quiconque de l'approcher. Elle n'était que blessures. Et les plus graves ne se voyaient pas. Infinie douleur qui serpentait en elle, inlassablement.

Sebastián a connu les mêmes institutions que notre mère, puis d'autres, plus sévères, qui lui ont appris à grandir. Il n'était coupable de rien, sinon de la tendresse fraternelle que nous échangions pour nous éloigner de toute cette violence, aussi palpable que la moiteur de ces étés en Amérique du Sud. Mela nous a aperçus dans un rai de lumière, et n'a pas supporté ce qu'elle a pris pour de l'amour, un amour interdit et dévastateur. Elle l'a ressenti comme une violence inhabituelle qui s'est insinuée en elle, et l'a détruite bien plus que les poings d'Amos. Elle a fait enfermer Sebastián dans un hôpital, comme on emprisonne le mal dans l'oubli.

Elle nous a emmenés loin de lui, à Bordeaux, comme si la distance pouvait effacer l'existence même de son fils.

Cela aurait pu être moi, et non Sebastián. J'en ai suffisamment rêvé pendant dix ans. Je me redressais dans mon lit, surgissant d'une eau glacée. Je ressemblais à ma mère. Je survivais.

J'ai rejoint ma chambre d'hôtel. Je ne suis plus cette enfant apeurée qui a grandi sans son frère. Je ne le cherche plus dans le regard de Jarod. Un peu plus tôt ce soir, je lui ai téléphoné à Bordeaux. Je n'ai rien ressenti en lui disant que tout était fini entre nous. Comme une évidence. Les lumières du dehors balayaient le plafond de la chambre sur le son de sa voix, accélérées par la dérobade du temps. Je suis chez moi à Colonia. Je suis une orpheline qui a perdu ses parents en quittant Bordeaux. Je veux attendre Sebastián sur le quai, aussi légère que le vent empruntant mon châle. Je veux recommencer ma vie ici, avec lui.

J'ai vingt ans, je m'appelle Ethel, je viens en Amérique du Sud retrouver mon frère que je n'ai pas vu depuis dix ans. J'ai emprunté le pont, longé les voiliers immobiles, leurs câbles courant vers le haut des mâts, les voiles repliées dans des housses bleues. Tout au bout de ces planches, appuyée contre la rambarde, je guette Sebastián parmi les passagers qui franchissent la passerelle. J'ai laissé mon appareil photo dans la chambre d'hôtel : je ne veux rien manquer de la rencontre. Je me fie à mon enfance, je saurai le reconnaître. Je le vois. Mon cœur cogne fort. Mes acouphènes rendent ce monde irréel et sourd. Ma main s'accroche à la rambarde. À défaut de grandir, nous allons vieillir ensemble, Sebastián et moi.

Nous remontons le chemin, séparé de chaque côté par des clôtures, simples rondins de bois irréguliers, traversé de barbelés rouillés par l'usure. L'herbe y est rase, jaunie par endroits, mais elle court, aussi verte que la menthe, jusqu'aux collines. J'aime venir ici avec Sebastián, loin de nos maisons à Colonia. Le ciel semble empreint d'électricité, les nuages s'étendent en grappes et remontent lentement vers nous. Un chien, parfois, s'y promène. Il ne porte ni collier ni laisse. La terre a la couleur du sable, elle s'égrène sur nos chaussures. L'ombre est aussi rare que les arbres. Il y a cinq ans, j'ai épousé Ézéchiel. Je suis enceinte de mon deuxième fils. Mes acouphènes ont cessé le soir même où j'ai retrouvé mon frère. Sebastián et Gabriela ont une fille qui vient d'avoir cinq ans. Julieta voyage beaucoup, elle reste notre seul lien avec le passé. Je ne suis jamais retournée en France. Sebastián ne parle jamais de nos parents. Nous sommes comme ce chien sans collier, sans laisse, nous allons libres vers les *estancias*, sur ce chemin ras. Je prends quelques photos. Depuis que j'ai retrouvé Sebastián, je sais chaque instant unique. Je ne crains plus qu'il ne revienne pas. Le fleuve a repris son cours. Nos enfants effleurent parfois, à sa surface, de magnifiques oiseaux peints qui dérivent sur l'eau, avec dans leurs yeux l'éclat d'un arc-en-ciel.

Insomnies

La nuit je ne dors pas. Je suis somnambule. Un peu comme maman, quand elle attend papa qui a dû s'attarder avec mon oncle Jacques, à regarder le jour se lever, assis sur le capot de l'automobile, une cigarette entre leurs doigts. Parfois je me rends à la cuisine et je me cache derrière la porte. Je sais que papa et mon oncle y passent souvent une partie de la nuit. Je n'ai pas sommeil quand je les regarde.

Jacques aimerait que nous allions tous à Crans. Je suis prêt à m'y rendre avec papa, même sans maman. Des fois Jacques oublie que j'existe : je ne peux pas sortir seul de la maison, ni voyager à cause de mon problème de santé. Je m'endors à n'importe quel moment du jour et de la nuit. Mon périmètre est limité. Juste la maison en bois et le lac, à condition que je sois accompagné par un adulte si je veux nager. La nuit, pas question que j'approche seul le lac.

Je ne vais pas à l'école. Maman pense que les autres enfants se moqueraient de moi. Mme Hohenberger vient m'enseigner tout ce que je dois savoir et s'est habituée à ce que je m'endorme souvent sur mon bureau, la tête enfoncée dans mon oreiller, à côté de mon cahier et de mes stylos. Papa et Jacques ne sont jamais là, ils font souvent une sieste de l'autre côté du lac. J'imagine leurs jambes comme des racines qui s'entremêlent, toutes aussi inséparables qu'eux. J'aimerais être Jacques dans la vie de papa. Où qu'ils soient, ils sont toujours reliés par un fil invisible qui les attache l'un à l'autre. Ils se parlent des heures pour se raconter leurs émotions, leurs joies, ce qu'ils aimeraient faire ensemble plus tard. Ils s'envoient des photographies du contenu de leurs assiettes ou d'un paysage, y compris d'eux-mêmes, ils se sourient, clignant de l'œil ou font d'affreuses grimaces. Maman trouve que je suis plus mature qu'eux deux réunis et elle rigole comme si la vie n'était que légère. Elle dit aussi qu'Élisabeth a bien fait de quitter Jacques en emmenant les enfants. Elle raconte tout au téléphone à Clotilde, sa meilleure amie, qui habite la maison voisine et passe son temps à se vernir les ongles des mains. Elle me fait parfois un signe de la fenêtre, mais je n'en suis pas sûr, elle pourrait tout aussi bien se sécher les ongles.

Maman pense que Jacques n'aurait jamais dû se marier. Papa dit qu'il aime trop les femmes pour n'en garder qu'une seule. Moi, je sais que papa adore son frère. Un peu maman. Et moi, rien du tout. J'aurais voulu qu'il me serre contre lui comme ils le font souvent ensemble. Mes bras embrassent la nuit, papa n'est jamais là pour me faire disparaître entre les siens. Je m'écroule, la tête frappant le sol.

Derrière la porte, je les entends s'esclaffer en cognant leur quatrième bière qu'ils descendent sans respirer. Tout comme moi, qui bois leur discussion sans en manquer un mot. J'ai tellement sommeil que mes yeux se ferment. Je fais aussitôt un affreux cauchemar, happé par les sorcières qui font tourner mon lit jusqu'aux profondeurs du lac. Je me réveille brutalement en tentant d'échapper à leurs griffes. Papa et mon oncle ont quitté la cuisine et ne m'ont pas aperçu en poussant la porte.

Quand le docteur a annoncé que j'étais atteint de parasomnie, papa et son frère se promenaient ensemble à Bâle. Maman lui a téléphoné pour l'avertir, mais le portable de papa ne répondait pas. Elle a laissé une dizaine de messages avec sa voix douce qui virait à l'aigu. Puis elle m'a vu et m'a souri comme si c'était un jour comme les autres. Maman aime dissimuler ses émotions. Elle ressemble à la surface du lac. Calme, apparemment. En fait papa a oublié son portable au restaurant et n'a pas pensé à celui de Jacques. Ils se sont promenés dans les allées du musée, se sont arrêtés devant les tableaux de Georges Braque, puis, en ville, dans un restaurant de poisson, où ils se sont endormis à même la table après un bon repas. Le portable a glissé de la poche du short au siège avec les messages de maman dedans.

Depuis que Jacques vit à la maison, maman passe ses après-midi avec Clotilde. Et moi, dans tout ça, je suis quoi ? Un petit homme prêt à tout. J'aimerais être la paire de lunettes en plastique mou que papa porte pour nager tout au long des trois kilomètres qu'ils font, Jacques et lui, sans se soucier de moi ni de maman. J'aimerais être la bière brune qu'ils ne lâchent pas de la main et portent à leur bouche, gouttelettes ruisselant comme de minuscules perles sur leurs doigts. J'aimerais être son portable et le défilé de messages entremêlés de photos et de vidéos qu'il n'oublie nulle part quand Jacques est à l'étranger. Papa s'émerveille des photos du Japon, des Seychelles, de New York, des endroits où nous ne sommes jamais allés, et que je n'ai pas envie de connaître. Autrefois, papa montrait les photos à maman. Aujourd'hui elle ne veut rien savoir des voyages de Jacques. Son épouse non plus. Elle a demandé le divorce à cause du téléphone et des autres femmes nues dedans. Alors papa regarde tout ce partage comme un trésor pour lui seul. J'aurais aimé tout voir, mais bien sûr ce n'est pas de mon âge. Papa a même haussé les épaules comme si je lui avais demandé de m'aider à scier les fondations de la maison.

Parfois, maman trouve que ce n'est pas normal d'aimer autant son frère. Ma maladie non plus n'est pas normale. La pluie et le soleil en même temps ce n'est pas normal. Je n'ai pas d'amis. Je ne vais pas à l'école. Je suis malade. Tout cela n'est pas normal.

J'ai dix ans, je sais nager, mais pas assez pour suivre papa et Jacques. Je les regarde du ponton, quand je ne dors pas. Ou la nuit quand je les précède, luttant contre le sommeil avant qu'ils ne reviennent et que la porte de la maison ne se verrouille derrière eux. Les mêmes gestes. Le même départ. Leurs corps effleurant la surface de l'eau, sous la lune aussi pâle qu'un visage qui dort, leurs têtes disparaissant, émergeant au même moment. Ils n'ont pas besoin de se regarder. Deux miroirs en un, comme un reflet aussi lisse que le lac.

Papa a vendu toutes sortes de choses dans sa vie. Des frigidaires, des ordinateurs, des meubles de jardin, des encyclopédies, des appartements, des voyages, des tickets de concert, des voitures de course, des tableaux anciens. Mais ce qu'il préfère avant tout, c'est la peinture. Dans son atelier, papa n'a plus besoin de personne. Maman dit que c'est joli, mais on voit bien que tout cela n'a pas plus d'intérêt pour elle que le cinéma où elle ne va jamais. Jacques n'y connaît rien. Ça se remarque à sa bouche ouverte d'où rien ne sort. Moi, je sais, j'ai regardé les livres et leurs images. Des hommes sans regard, aux chemises blanches flottantes. Des feuilles éparpillées au sol. Des femmes géantes penchées sur un bassin où dérive un petit homme comme moi dans sa barque. Je sais où se trouve ce pays blond : loin de ceux où est allé mon oncle. Je regarde le tableau de Peter Martensen dont papa s'inspire et j'aimerais lui dire que ces hommes en costume surgissant de cette eau comme autant de directions à prendre, me font trembler des pieds à la tête. Je ne sais pas encore mettre des mots sur mes émotions. Je les ressens. Ce tableau, c'est papa et moi, dos à dos dans le lac où nous perdons pied.

Hier, j'ai entendu Jacques demander à papa s'il aimait encore maman. Papa n'a pas répondu à la question. Il a juste ricané : « Et comment va la tienne depuis le divorce ? » Moi, je sais combien ils s'aiment. Je les vois se tenir la main, exclu de leur monde, tout comme mon oncle. Ils se chuchotent parfois des secrets à l'oreille que je ne dois pas plus entendre que Jacques. Ils ne voient qu'eux et rien d'autre. Même pas mon oncle qui en profite pour boire tranquillement une autre bière.

Et moi, papa ? Si j'étais normal et qu'à cette heure tardive je dorme, tu viendrais me regarder dans mon lit ? Tu prendrais une photo de moi juste avec tes yeux ?

J'ai deux fois cinq ans. À mon âge on ne sait pas trop ce que l'amour veut dire. Parfois, je ne comprends rien. Les adultes me fatiguent. Maman et Clotilde. Jacques et papa. Mme Hohenberger et sa règle en fer qui tapote le creux de sa paume comme le métronome au-dessus du piano. Maman aimait en jouer pour papa, quand Jacques habitait encore chez lui. Je ne suis pas un enfant comme les autres. Derrière ma douceur, tout est sur le point d'imploser. Ce monde tourne autour de moi et me donne le vertige. Comme les sorcières qui font danser mon lit et se moquent de moi. J'aimerais entrer dans cette cuisine et participer à la conversation. Je prendrais un peu de bière au goulot comme papa. Je citerais Peter Martensen ou d'autres encore. Je cognerais ma bière contre celle de papa. Je roterais, même, comme eux. Je serais un adulte parmi les autres. Quelqu'un de normal. Mais je ne vais pas entrer dans cette cuisine. Des années me séparent encore du monde des grands. Je vais rester à ma place, derrière la porte. Je n'ai pas du tout sommeil, eux non plus. Maman dit à Clotilde qu'ils sont insomniaques l'un comme l'autre. Elle ajoute en riant « C'est le pompon ». J'aime bien quand maman dit ça. Un mot aussi rond qu'une balle. Pourtant elle regarde toujours papa avec des yeux doux et souriants comme si elle lui pardonnait tout. Elle préfère voir papa attaché à son frère plutôt qu'à une autre femme. « Même si ce n'est pas normal », finit-elle par dire en gloussant.

Maman a dû laisser la chambre d'ami à Jacques, alors que sa maison, trois fois plus grande que la nôtre, est à cinq cents mètres par la route. Son frère manquait trop à papa dans cette grande maison sans vie. Ils s'échangent parfois des messages jusqu'au matin quand ils ne se retrouvent pas à la cuisine, et ça finit par réveiller maman, toute cette lumière qui clignote comme un phare dans la nuit, mais elle ne dispute jamais papa, elle se rendort aussitôt. Je l'envie.

Maman avoue à Clotilde qu'elle a épousé un homme bien, un homme de cœur qui a juste oublié de grandir. Mais au moins, son mari ne cherche pas à ressembler à son frère. Comme si la vie se mesurait aux affaires, à l'argent, au pouvoir. Comme si les vacances aux Seychelles ou ailleurs pouvaient ressembler ne serait-ce qu'un instant au temps arrêté dans les vallées d'Ardèche où même le téléphone ne marchait pas. Adieu Jacques, le temps d'un été à Labeaume. Voilà comment maman résume nos vacances, l'année dernière, où papa m'a porté sur ses épaules pour aller voir les dolmens de Casteljau. J'ébouriffais ses cheveux sous mes mains. Je me sentais aussi grand que tous ces blocs de pierre. Un garçon normal qui trouvait enfin le sommeil, la nuit, dans son lit.

La lune est une virgule ce soir. Jacques et papa partent nager. Moi, je cours me cacher derrière un rideau du salon. J'entends leur rire au loin. Je sors une tête, Jacques tient papa par l'épaule. Ils marchent, comme deux petits soldats qui paradent, et rigolent comme si personne n'habitait la maison à part eux. Quand ils nagent, Jacques et papa ne portent que les lunettes en plastique mou. Ils se déshabillent en titubant ; les vêtements emmêlés, abandonnés aux racines de l'arbre tandis que leurs ombres chinoises s'effacent dans le lac. Les pieds s'enfoncent dans la vase. Leurs corps nus disparaissent sous l'eau noire. Je me cache derrière un arbre. Je me suis dévêtu en m'appuyant contre son tronc. Je sais que je ne dois pas m'approcher du lac la nuit, et encore moins y nager. Mais je ne suis pas normal. *Je n'entends que ce qui m'arrange.* Papa s'est jeté à l'eau et en asperge son frère qui aussitôt le fait couler. J'ai de l'eau jusqu'à la poitrine. Papa et Jacques sont loin déjà. Je décide de les suivre. Je nage la tête hors de l'eau. J'ai peur de m'endormir, ça m'arrive la nuit.

Tout est noir autour de moi. Je les entends à peine. Une petite crampe me traverse la jambe. Je me dis que ça va passer, que ce n'est pas grave. Même si je n'ai plus pied là où je suis, au beau milieu du lac. La crampe ne passe pas, j'appellerais bien papa, mais je ne le vois pas. Si je crie, je vais lui faire peur. S'il m'entend. La crampe ne passe pas, elle broie ma jambe jusqu'à la cheville. J'essaye de nager malgré tout, mais je bois régulièrement la tasse. Maman soupire. « Je préfère notre vie à celle de Jacques. Au fond, toute cette réussite, c'est de la poudre aux yeux. » Maman, tu dors et moi, je me noie. J'ai beau crier, personne ne m'entend.

La crampe m'attire vers le fond du lac. On dirait qu'elle veut m'emmener. Que je disparaisse sous la vase. Je voulais juste faire comme papa. Il m'aurait admiré. Je les aurais même dépassés à la nage, lui et son abruti de frère qui nous le vole. La lune est une virgule ce soir.

J'ouvre les yeux. Quatre visages sont penchés au-dessus du mien : une forêt de têtes dans un halo de lumière. Je reconnais celles de maman, de papa, et de mon oncle. Leurs yeux sont rouges. Un homme en blouse blanche me demande si ça va. Je n'ai plus mal à ma jambe. Je dis oui. Le médecin me sourit. Maman pleure. À se demander ce qu'elle aurait fait si j'avais dit non. Papa me caresse la tête. « Tu nous as fait sacrément peur, bon sang ! » Ce qui me fait fondre comme un caramel sur la flamme. La peur de papa me fait un bien fou. Nous voici réunis tous les quatre, sans le médecin qui est parti une fois rassuré. Les portables sont bien rangés dans les poches. Pas de message ni de selfie à envoyer. Papa serre ma main contre son cœur. Je le sens battre sous ma paume. Je ne comprends pas tout ce qu'il veut me dire, son cœur va bien trop vite. Jacques nous annonce qu'il s'en va vivre à Seattle, une offre qu'il ne pouvait pas refuser. Le visage de maman s'illumine. Le cœur de papa semble s'être arrêté : je ne ressens plus rien sous mes doigts. Je pense aux tableaux de Peter Martensen et à ces atmosphères aussi inquiétantes que mystérieuses. Nous en sommes bien loin. Le regard de mes parents me rend fort. Le lac et ses profondeurs n'ont pas voulu de moi. Le cœur de papa s'emballe à nouveau sous mes doigts. Maman a posé sa main sur ma joue. Jacques s'en va vivre loin. Je sais bien qu'il reviendra, un jour. J'aurai sans doute deux fois dix ans. Les dolmens peuvent veiller comme des sentinelles, nous avons le temps, papa et moi, de nous aimer.

La lumière est à moi

J'ai quinze ans et je m'appelle Lior. Ce prénom hébreu signifie « La lumière est à moi ». Je suis né à Herzliya, mais je n'y ai pas vécu. Mon père, diplomate, a été nommé dès ma naissance à Naples. Maman est tombée malade à Stromboli où nous passions nos étés. Aucun médecin n'a pu expliquer ses symptômes. La fièvre semblait la gagner. Son corps se tendait comme un arc avant de retomber inerte. Ses yeux comme deux amandes aveugles se fermaient au monde. Puis la paralysie a emporté la moitié de son être, pâle reflet du jour face à la nuit, telle une ombre figée dans le marbre d'un mausolée. Y enfoncer une aiguille ne la fait plus réagir depuis longtemps. Elle ne ressent plus rien apparemment, ni la peine ni la joie de nous savoir près d'elle. Maman est entourée des meilleurs médecins qui se relaient à son chevet, et d'un ballet d'infirmières qui la prennent en charge, lui font sa toilette quotidienne, plaçant un cathéter ou un gant frais sur son front, ajustent tous les branchements, massent ses membres endoloris et son corps statufié. Papa a laissé Naples derrière lui et nous vivons tous les trois à Stromboli dans cette maison blanche aux volets bleus. J'en fais le tour plusieurs fois dans la journée, pieds nus écrasant le soleil sous l'odeur entêtante du jasmin. Les *fichi d'India* étalent leurs pointes fleuries pareilles à des doigts de pied engourdis. Le jardin s'étend autour d'un arbre centenaire couché à terre. Le tronc s'est ramifié, ses branches s'élèvent au-dessus du jardin et, avec ses feuilles, le recouvrent d'une ombre gigantesque. Près de la maison, la souche d'un arbuste est constellée d'épines comme un rosier. On le suppose malade, mais, comme pour maman, personne ne peut l'expliquer. Les bougainvilliers aux quatre coins du jardin s'étirent et se déploient sous leurs bouquets de fleurs blanches et roses. Papa ne quitte plus son bureau, penché sur son ordinateur à la recherche d'informations qui pourraient l'éclairer sur la maladie de maman. Il garde espoir, enfermé du matin au soir dans sa pièce aux volets tirés. Un commentaire, une ressemblance, il se refuse à croire que cette paralysie n'est pas guérissable. Il fait venir les plus grands spécialistes des États-Unis, du Japon et d'Australie. Rien ne l'arrête quand il s'agit de l'être qu'il aime plus que tout au monde. Plus que moi, je le sais. Depuis que maman est tombée malade, je ne le vois presque plus. Je prends mes repas seul à la cuisine. Pippa me les prépare, puis elle s'en retourne au village en pressant le pas dans les ruelles étroites.

Je quitte rarement la maison, sauf en hiver où Stromboli est enfin rendue à elle-même. Une île de pêcheurs aux enseignes fermées.

Toutefois, chaque jour, je m'échappe pour aller nager, juste en face de notre maison blanche. Je marche pieds nus des dalles aux galets noirs. Ma tête et mon cœur sont aussi vides qu'une écorce de fruit jetée dans le terreau du jardin. Même la chaleur n'a plus aucun effet sur moi. Je m'enfonce dans l'eau bleue et je nage vers l'île de Strombolicchio, ce col du volcan menaçant, avec ses pointes aiguisées comme des épées, laissant apparaître un escalier en fer brinquebalant qui mène au phare. Je disparais sous l'eau sombre, je ressemble au corps de maman qui lutte, peut-être, pour survivre. Pareil à des jumeaux, l'un statufié, l'autre inerte, qui s'ignorent dans l'obscurité. Je vais jusqu'au rocher. Je le contourne. Je plonge. L'eau semble plus transparente. Comme si je volais au-dessus des grands fonds. De petites bulles remontent à la surface et forment un étrange rideau à une vingtaine de mètres de fond. Des dizaines de poissons frétillent autour de moi et m'accompagnent dans la descente. Je les sens me frôler comme une caresse. J'ai pris un galet noir avec moi et j'écrase des oursins encore accrochés à la roche pour nourrir dans ma main les poissons qui s'en délectent. La chair se dissout avant d'être dévorée. La part vivante n'est plus, tout comme maman. Je n'escalade plus le volcan depuis longtemps. Sa cime m'apparaît aussi inatteignable que la guérison à laquelle je ne crois plus. Ses explosions me déchirent le cœur et les entrailles. Ses gerbes de feu ont la beauté du diable qui nous a tout pris. Je pleure quand je me souviens. *La robe blanche de maman. L'éventail qu'elle tenait d'une main. Ces chapeaux à large bord qui la protégeaient du soleil. Ce pincement de lèvres pour réajuster son rouge carmin.* Autant de photographies que ma mémoire ne retient plus. Un album que j'emmène dans cette eau profonde pour que tout s'estompe, les couleurs, les années, que ces visages retournent à leur source, le néant, les abysses où j'oublierais le moindre de ses souvenirs. Je maudis ces sentiers où l'herbe pousse entre les rochers, où la nature s'épanouit dans un désert de poussière noire, où des forêts de bambous se dressent comme des sentinelles de mémoire. Moi, Lior, quinze ans, je ne peux rien faire contre ce voile anthracite qui la recouvre un peu plus chaque jour. J'ai vu les médecins quittant la chambre de maman. Je les ai entendus. Leurs yeux fixant la pointe de leurs souliers cirés. Leurs bouches tremblantes de tant d'ignorance. Une maladie qui leur échappe comme un verre entre leurs mains, se brisant au sol en mille éclats. Papa sur son ordinateur, la tête entre les mains, fatigué par tant de lumières artificielles. Sa porte claquée dès le matin, m'empêchant de lui dire combien je l'aime. Le petit déjeuner préparé par Pippa qui me dépose dans un verre d'eau une fleur de son jardin. Et mes pas tout autour de cette maison vide, sous l'œil du volcan prêt à tout ensevelir. Je pourrais fermer les yeux et ne pas trébucher une seule fois. Sentir les *fichi d'India* et me donner l'illusion d'être vivant parmi les morts. Je finis parfois les verres que papa laisse traîner dans la maison. Je tourne sur moi-même, les émotions m'étreignent et m'étouffent, je veux retourner à Herzliya où je n'ai pas vécu, bien avant que tout commence ici à Stromboli. *Ses lunettes noires posées au bout de son petit nez si fin. Ce joli sac porté à l'avant-bras. Ce signe de la main dès qu'elle nous apercevait, papa et moi.* Tout mon être refuse ces images que mon esprit me renvoie comme une gifle. Maman mi-humaine, mi-statue, qui ne parle plus, ne nous regarde pas. Je n'entre plus dans sa chambre depuis des mois. Son lit surélevé comme une sépulture du vieux cimetière, sa peau lustrée par les infirmières pour nous la rendre plus présentable. Pareille à cette enfant morte de pneumonie, Rosalia Lombardo, embaumée à la demande de son père, que maman m'avait emmené voir aux catacombes de Palerme. Quelle différence maintenant entre cette enfant et elle. Toutes deux préservées dans la pensée. L'une encore vivante, mais à quel prix. Je ne connais rien à la médecine, ni à tous ces hommes qui défilent dans notre maison blanche comme s'ils présentaient leurs condoléances, mais je vois bien que tout se détériore. Pippa ne s'attarde jamais ici, comme si tout lui brûlait les mains. Elle me sourit à chaque repas puis recule pour mieux disparaître derrière l'ombre d'une porte. Son regard fuyant n'accepte pas ce qu'elle ressent. Cette maison est un tombeau.

Je pars nager. Mon seul salut dans ce chaos. La mer m'attire, m'aspire, m'étreint. Je sens la fraîcheur de l'eau sur ma nuque, mes épaules brûlées au soleil, j'avance en quelques brasses coulées. Strombolicchio me fait face. Je retourne au rocher. Je suis sûr que derrière ce rideau de bulles se cache une grotte. Mais jamais je ne pourrai retenir mon souffle assez longtemps pour descendre aussi profondément. J'ai essayé plusieurs fois. J'ai même pensé que tout cela n'aurait aucune importance si je disparaissais avant maman. Je ne vois pas comment mon père aurait davantage de chagrin. Je ne suis plus rien pour lui. Juste une poussière dans son œil qu'il chasse d'un battement de paupière. Je ne sais rien. Je vis entre une maison blanche et un rideau de bulles sous la mer. Je vais m'éteindre comme une bougie soufflée par le vent éolien. Rouler comme une pierre qui retournera au volcan. Claquer des doigts et disparaître dans la fournaise d'un jet de flammes. Les poissons m'accompagnent dans la descente et coulent avec moi, comme le caillou dans ma poche. Au-dessus l'eau est si claire qu'on dirait un miroir où mon ombre se reflète. Mon corps atteint le rideau, ma main se tend. Les dizaines de poissons colorés m'ouvrent une brèche, je m'y faufile. Je ressens toutes sortes de picotements de la tête aux pieds. Je n'arrive pas à le croire, j'ai réussi. Derrière cette barrière d'eau, je découvre l'envers du décor : la partie immergée du rocher, le reflet des millénaires bien avant que la mer ne le recouvre. La grotte est bien là, demeure d'anciens pêcheurs. Elle m'accueille et me sauve, je peux enfin respirer. Une coquille creuse protégée entre deux mondes. Des poissons étranges et bicolores s'ébattent dans des flaques d'eau. La roche est sculptée comme les châteaux de sable en bord de mer, loin de Stromboli. Je la caresse du bout des doigts. *Maman descendant avec élégance la passerelle d'un bateau. Maman sirotant à la paille son eau gazeuse. Maman goûtant les fruits sur le marché avant de les acheter.* Ces photographies-là virevoltent au-dessus de ma tête. Elles sont douces au regard comme l'était celui de papa sur moi autrefois. Je me sens si bien qu'un instant j'imagine m'être noyé en rejoignant les bulles. Rien de tout cela n'est réel. Je me pince et ça fait mal. Mon cœur et ma tête se remplissent d'images de maman comme une renaissance. Je décide de rejoindre la maison blanche et ses habitants. Je m'assieds sur mes talons, caresse les poissons bicolores, avant de m'élever vers l'eau sombre qui me renvoie de l'autre côté du rideau. À la surface, ma bouche exulte et respire. Je sens battre mon corps, je sais qu'il le fait pour maman. Je pousse le portail, pieds nus, la maison semble vide. Je vais directement à sa chambre. Je chasse les infirmières et les médecins. Je referme la porte derrière eux. Je suis avec elle. J'ose à peine la regarder. Je sais qu'on est proches de l'infini. Ma main se refuse à toucher sa part vivante. Je laisse courir mes doigts là où elle ne ressent plus rien, où tout s'est éteint depuis longtemps. Je pense au rocher, à la grotte, aux poissons bicolores, au choix que j'ai fait de remonter. Je donnerais ma vie pour maman. Mes doigts s'arrêtent sur sa peau, s'y enfoncent. Je pense à papa qui fait valser son verre de whisky, tandis que l'ordinateur reste muet à ses réponses. Mes mains parcourent son visage, en recouvrent la moitié inerte. Je pense aux fleurs que Pippa me dépose chaque matin. Je les respire. Elles embaument mon esprit. Ma paume glisse sur l'œil de maman, en fait le tour. Je n'ai plus peur de son corps et de tous ces longs fils blancs rattachés à ses membres. Je laisse mes mains flotter au-dessus, aériennes, comme si je battais des ailes. Je déborde d'une énergie qui bouillonne comme le feu du volcan. Je pense aux cierges que j'ai allumés par centaine à San Vincenzo au début de sa maladie. Je ressens même la chaleur sous mes pieds nus quand je fais chaque jour le tour de la maison blanche. Je suis ce tronc épineux et malade. Mes doigts s'abattent sur maman et escaladent son corps. Je transpire. La sueur coule dans mes yeux. Je me retiens à son bras. Je la vois prendre celui de mon père en descendant la passerelle du bateau le jour de notre arrivée à Stromboli. Tout en moi semble sur le point d'imploser. Je pose mes paumes sur ses yeux, deux amandes aveugles qui se fermaient au monde. La chaleur qui m'anime devient insupportable. Je perds connaissance.

Quand j'ouvre les yeux, papa me regarde. Je le vois sourire pour la première fois depuis longtemps. Sa main recouvre ma joue. Il me dit que tout est fini alors que tout commence. Les médecins ne l'expliquent pas davantage. Maman a retrouvé toutes ses facultés. Bien sûr, elle est encore très fatiguée, mais la paralysie a totalement disparu. Ses yeux se sont ouverts. Elle a demandé à boire. Une infirmière s'est évanouie. On a retiré les cathéters, débranché tous les appareils. Papa et moi la regardons comme un tableau de Raphaël. Son sourire nous arrache une larme. Pippa a cueilli les fleurs de son jardin qui embaume le jasmin. Elle lève constamment les bras au ciel en remerciant san Vincenzo et san Bartolomeo avant de se signer en entrant dans chaque pièce. Papa s'est rasé. Il porte à nouveau ses costumes et ne boit plus ce verre qu'il m'arrivait de finir. *Sa robe blanche. L'éventail qu'elle tenait d'une main. Ces chapeaux à large bord qui la protégeaient du soleil. Ce pincement de lèvres pour réajuster le rouge carmin.* Toutes les photographies de maman reviennent à moi avec douceur et m'illuminent. Je n'ai plus peur du passé, ni des jours à venir. Je m'appelle Lior. Ce prénom hébreu signifie « la lumière est à moi ». Je n'ai jamais parlé à personne de ce qui s'était passé ce jour-là en revenant de la grotte. Qui me croirait d'ailleurs. Je ne me souviens pas si j'étais conscient, ou si je rêvais de la sauver en lui offrant ma vie. Ma mémoire n'est pas assez fiable pour ça. Maman est dans le jardin avec Pippa. Elle cueille les fruits des *fichi d'India*. Elle rit tout en les déposant dans son tablier qu'elle relève comme un panier. Pippa a posé une main sur ses épaules. Le ciel est d'un bleu abyssal. Papa a ouvert ses volets. Il les photographie toutes deux en cachette. Et moi, je n'ai qu'une envie. Je retourne nager.

Fatale

Dès que je tombe amoureuse, je me rappelle mon enfance pour ne plus l'être.

Ma mère, en rentrant de l'usine, cousait et reprisait un Everest de vêtements, longtemps après que je m'étais endormie avec mon frère. Nous partagions le même lit et, sur l'oreiller, ma tête et ses pieds, rarement lavés, tout crottés à marcher nus dans les flaques d'eau ou la boue. Jusqu'au petit matin, mon père, lui, écumait les bars d'où il rentrait ivre, dormant à même le sol dans la cuisine, depuis que maman l'avait chassé de son lit. Parce qu'il avait été viré de l'usine. Personne ne l'a pleuré quand une voiture l'a fauché par une nuit aussi noire qu'un trou. L'argent, maman le gardait dans une ancienne boîte de biscuits toute rouillée. Pas question de l'ouvrir à sa mort, papa a été enterré à la fosse commune et nul ne l'a prié, nous savions tous qu'il allait droit aux enfers.

Ben, mon frère, gémissait en dormant. Le jour, il ne souriait jamais. Il filait à l'école, son sac à dos sur l'épaule, entre les potelets métalliques repeints en vert. Pas une seule fois je ne l'ai vu sans son casque qu'il ne retirait qu'en classe. La vie sans musique c'est juste la vie, la nôtre n'en valait pas la peine. Nous avions de quoi manger et, pour les vêtements, nous allions dans une friperie une fois par an avec maman, qui glissait quelques billets de la boîte à son porte-monnaie. Elle paraissait si vieille. Ses cheveux gris étaient auréolés de mèches blanches. Sa peau aussi fripée qu'un livre oublié sous la pluie. Ses yeux noirs cernés, toujours fatigués. Elle dormait peu et partait pour l'usine à cinq heures. J'avais pris l'habitude de préparer le petit déjeuner pour Ben et moi. Des tartines grillées, de la confiture et deux bols de chocolat chaud. Je me sentais seule, Ben écoutant sa musique dès le réveil. Il me quittait en me saluant de la main, et longtemps j'ai cru oublier le son de sa voix. Il disait juste merci, bonjour, s'il te plaît. Je l'entendais grogner sous la douche qu'il refusait de prendre un matin sur deux. Il aimait garder cette chaleur en quittant son lit, cette sensation de dormir encore en marchant, malgré la musique.

À l'école, j'étais studieuse, je me donnais du mal. Le soir, dans mon lit, tandis que les pieds de Ben s'agitaient parfois sous mon nez, je révisais mes cours, avec ma lampe de poche. Mon allure n'attirait personne. Les filles se moquaient dans mon dos. Dans la rue, les garçons me sifflaient ou m'injuriaient sur mon passage. Je faisais semblant de ne pas les entendre. J'imaginais un monde meilleur comme on en voit dans les films. Une fois par semaine, maman nous autorisait à en voir un, uniquement en noir et blanc, sur son vieux poste, à condition qu'il n'y ait ni sexe ni violence. Le sexe, nous en ignorions tout. Plus tard, il m'a aidée à devenir la femme fatale que je suis aujourd'hui. Mais à cette époque, ni Ben ni moi ne nous y intéressions. La violence par contre était partout. Petite, je me souviens de mon père s'acharnant sur ma mère malgré la porte fermée. J'entendais les coups comme s'ils m'étaient destinés. Tout s'est arrêté quand mon père s'est effondré, victime d'une crise cardiaque. Il n'a plus jamais été le même ensuite, trop faible pour la frapper et assez fou pour boire toute la nuit. Je sais maintenant que la mort l'attendait. Ce n'était qu'une question de temps.

Dans les rues, les gens se battaient souvent, pour un rien, un regard de travers, des habits trop chics. Les portefeuilles pointaient leur museau pour mieux disparaître, parfois des colliers autour de cous graciles laissaient la peau nue et parfumée. La plupart du temps je regardais le bout de mes souliers et me mélangeais à la foule pour mieux me cacher. J'ai rencontré Pierre en le heurtant. Il a soulevé mon visage d'un doigt et m'a dit que j'étais belle. Personne ne m'avait dit un truc pareil avant lui. Même le miroir de la salle de bains. Belle comme une actrice ? « Plus belle encore », m'a répondu Pierre. J'ai pensé aux couchers de soleil, que je regardais parfois par la lucarne.

Au baiser d'Humphrey Bogart et d'Ingrid Bergman dans *Casablanca*. Aux yeux bleus de Pierre. À Ben s'éloignant pour l'école avec son casque sur les oreilles. Pierre était un escroc, mais il m'a ouvert l'esprit. L'argent ne sortait pas seulement d'une vieille boîte de biscuits. Il fallait être un peu magicien pour s'en emparer. Pierre m'enseigna tous ses tours. Je volais portefeuilles et colliers, montres et bracelets sans jamais me faire prendre. À l'école, j'avais les meilleures notes. À la rue aussi. Je gardais vingt pour cent de mes gains. Quand Pierre m'a embrassée, je lui ai rendu son baiser pour mieux comprendre. Je n'ai rien ressenti, sinon l'odeur du tabac qu'il fumait. Je me suis dit que je n'avais plus besoin de lui, que je pouvais tenter ma chance dans d'autres rues. Après tout, le monde en regorgeait. Je ne l'entendrais plus me dire que j'étais belle, mais j'empocherais tout l'argent. Et puis maman est tombée malade. Elle a cessé d'aller à l'usine et de repriser les vêtements. Je me suis occupée d'elle, tout en continuant l'école et la rue. Le médecin m'a dit un jour qu'elle n'en avait plus pour longtemps et j'ai téléphoné à ma tante. Elle habitait un quartier chic à l'opposé du nôtre. Je l'avais vue une fois, vêtue d'une robe extravagante, parfumée à outrance. Elle riait fort et s'assoupissait souvent. Elle s'appelait Madeleine. J'étais loin d'être belle, malgré ce que me répétait Pierre. Madeleine, plus tard, m'a rendue fatale. Elle s'est chargée en premier lieu de l'enterrement, dans un beau cimetière, les tombes tournées vers les arbres qui frémissaient sous le vent. Nous trois seulement jetant une poignée de terre sur un cercueil en chêne. Maman au paradis, tandis que la pluie s'abattait sur nous et que la terre gorgée d'eau coulait entre les poignées dorées. Ben n'a pas pleuré ni manifesté la moindre tristesse. L'idée d'avoir un lit rien que pour lui occupait toutes ses pensées. La maison de Madeleine était gigantesque. J'en ignore encore le nombre de pièces. Je pensais à la boîte de biscuits pleine à ras bord que je cacherais sous mon lit et à toutes ces avenues autour de la maison où je deviendrais riche en peu de temps. Nous avons changé d'école et la vie a repris son cours. Je me disais qu'elle était injuste, la vie, avec ma mère pauvre, et l'autre riche à en crever. La maison grouillait de domestiques qui portaient des balafres ou des tatouages de marin. Les femmes me semblaient trop maquillées et je ne comprenais pas qu'on ait besoin d'autant de gens pour se laver, se nourrir, faire des courses, servir le thé ou un bœuf bourguignon, garer la voiture devant la maison, porter un parapluie ou allumer une cigarette. Parfois, Madeleine s'enfermait au salon avec de ravissantes créatures, comme j'en voyais fouler les avenues, dessaisies de leurs bijoux par mes mains expertes. J'avais trouvé un revendeur dans une impasse qui me faisait de bons prix et m'appelait « ma mignonne ». Il avait d'épais sourcils qu'on aurait cru peints sur son visage. Des yeux inquisiteurs qui me regardaient par en dessous. Il s'appelait Louis. Un jour, il m'a demandé si j'accepterais de marcher dans les avenues avec lui. Ma tête a dit oui. Il m'a pris le bras et nous nous sommes éloignés du quartier à grands pas. « Tu es ma meilleure cliente », m'a-t-il avoué avec sa belle voix grave. J'ai pensé à Pierre qui, lui, me répétait que j'étais belle. « Et j'ai très envie de t'embrasser. » J'ai tendu mes lèvres, bouche entrouverte, attendant le baiser. Quand il est venu, j'ai ressenti l'été, les herbes que je caressais en courant dans les champs, une mini-tornade qui me renversait tout entière. J'en ai demandé un autre pour être sûre que je ne m'étais pas trompée. Louis m'a serrée contre lui, puis il a recommencé. J'ai oublié jusqu'à l'odeur de pipe des baisers de Pierre. Sa bouche me faisait penser à la lavande, aux fleurs des champs, à la mousse autour des arbres, j'en ai fermé les yeux. J'aurais voulu que ce baiser ne s'arrête jamais. C'était un torrent qui m'emportait et je devais en savoir davantage. « Allons chez toi », ai-je ordonné du ton de tante Madeleine à ses domestiques. Sa chambre était en velours rouge. Des miroirs au plafond nous expédiaient au ciel. Je n'ai rien dit quand il m'a menottée aux barreaux du lit. Je l'ai laissé venir en moi et j'ai compris aussitôt pourquoi le sexe menait la danse. J'ai vu des jupons, des jarretières, des draps blancs séchant au soleil. J'ai crié comme ces femmes qui crient « au voleur ! » dans les rues. J'ai senti le tremblement de terre en moi, j'ai pensé que je ne serais plus jamais la même.

Je voulais que Louis m'épouse dans la nuit, avoir au moins trois enfants de lui. Mais il m'a montré la porte et m'a dit « à bientôt, ma mignonne ». J'aurais voulu me confier à Ben, mais il ne parlait pas davantage chez Madeleine. Il ne quittait plus son casque même pendant les repas. Alors j'ai frappé à la porte de Madeleine et je me suis couchée dans son lit, contre le taffetas mauve de sa chemise de nuit. Elle m'a caressée la tête comme un gentil chien que je n'étais pas. Puis elle m'a dit qu'il fallait se servir des hommes et non le contraire. Je l'ai regardée, ses yeux pochées, juste une fente bleue, ses joues grasses et sculptées, son nez rond, son double menton. Je lui ai demandé qu'elle me parle des hommes. J'ai compris que j'étais naïve et stupide. Qu'il ne fallait pas s'attacher à eux, mais les tenir par la cravate et un regard mystérieux. Un tour de magie, en somme, tel que je le pratiquais dans les rues sur des inconnus. Après tout, ma nuit chez Louis m'avait enseigné le plaisir, je ne devais en aucun cas y mettre des sentiments. « Tu dois faire de la danse classique et changer les vêtements que tu portes », m'a ordonné Madeleine. « Il est grand temps que tu t'épanouisses », a-t-elle ajouté avant de s'assoupir. J'ai pensé à ces merveilleuses fleurs, gonflées de rosée, qui s'ouvraient lentement avant de se faner. Je resterais ainsi jusqu'à la fin de mes jours. Pas question de me faner. J'ai pris des cours de danse, passé des heures à la barre, en pointe sur mes ballerines, ouvrant mes bras comme de magnifiques corolles. Je regardais mon double dans le miroir, enserrée dans un justaucorps en dentelle, je virevoltais sur la musique, je ressentais chaque note comme une partition intérieure, je voulais être aussi forte qu'à l'école autrefois. Je venais d'avoir dix-huit ans et mon bac. Je pensais faire des études de lettres et user de mes charmes auprès des hommes. Riches, de préférence. J'avais jeté la boîte de biscuits et ouvert un compte à la banque. Balancé Pierre et Louis aux orties. Je n'étais pas près d'oublier d'où je venais, mais je découvrais toutes les possibilités qu'offre la vie, et il n'était pas question de poursuivre les vols dans les avenues. Je sortis à l'Opéra qui devint mon terrain de jeu favori. Je les repérais à la jumelle, les vieux gredins à la bedaine confortable. J'en faisais ce que je voulais. J'aimais poser ma tête sur leur ventre et entendre les gargouillis. Ils s'assoupissaient autant que Madeleine, l'amour ne durait jamais longtemps. On m'offrit des bagues serties de diamants, des montres de luxe, une voiture, un voyage aux Bahamas. Je m'ennuyais. Le confort de ces bedaines me lassait, tout autour de moi je ne voyais que des hommes aux corps bien faits et aux chaussures parfaitement cirées. Certes, ils étaient mariés eux aussi. Comme ces vieux gredins. L'alliance au doigt en fait de bons amants. J'ignorais leurs épouses, petites marquises vite oubliées dans mes bras de femme fatale. Je tenais les hommes par la cravate, le menton, l'objet de leur désir. Ma formation de danseuse m'avait appris à me tenir, à m'alanguir, à m'asseoir comme nulle autre créature. Tout en moi respirait le désir, mes tenues suggestives de grand couturier les affolait, je le voyais à leurs pupilles qui se dilataient légèrement. J'aurais voulu en faire profiter Ben, lui faire découvrir l'île Maurice ou les Açores, mais il avait quitté la maison de Madeleine pour un homme aussi mûr que la pomme qui tombe de l'arbre. Le père qu'il n'avait pas eu. Il ne portait plus son casque quand nous déjeunions ensemble. Il songeait à adopter des enfants birmans. Partir en Floride avec Igor, son bien-aimé. Je bâillais sans le faire exprès. Je pensais au beau cimetière où je n'étais jamais retournée. À quoi bon. Je vivais entre deux avions et ma chambre chez Madeleine. J'avais rencontré beaucoup d'hommes grâce à elle, son carnet à l'écriture serrée en débordait. Parfois, je lui rendais service, je servais d'escorte auprès de ses clients. Un opéra à Munich, trois jours à Londres, deux nuits à Barcelone. J'étais devenue riche. Je fis mes études de lettres et partis vivre à Vienne le temps d'écrire un roman que j'appelai *Fatale*. Je sélectionnais plus durement mes conquêtes. J'aimais les yeux bleus avant tout. Les corps sculptés. Barbes et moustaches m'obligeaient à user de crèmes pour ne pas abîmer ma peau. Je faisais semblant de m'intéresser à leur vie. C'est fou ce que les hommes sont naïfs. Je prenais des poses sous leur nez qui les rendaient fous. J'embrassais toujours passionnément, je criais en enfonçant mes ongles dans leur peau hâlée.

Jamais je n'ai retrouvé le torrent qui m'a dévastée avec Louis.

Plus aucun homme ne m'a dit que j'étais belle, de la manière simple et douce dont usait Pierre. J'ai pensé à ces fleurs gonflées de rosée qui s'ouvrent avant de se faner. Je me suis installée à Hong Kong dans l'une de ces tours gigantesques à l'extrémité de la péninsule de Kowloon. Mon éditeur m'a appelée pour me dire que Spielberg avait acheté les droits de mon livre et qu'il pressentait déjà Nicole Kidman pour interpréter mon rôle. J'ai raccroché sans rien dire. Ce ne serait pas un film en noir et blanc de mon enfance. Steeve, mon amant canadien, s'impatientait. J'ai essayé de joindre Ben, mais le numéro n'était plus valide. Je me demandais s'il était en Floride avec Igor et leurs trois enfants birmans. Je me sentais toute petite dans cette tour. Minuscule dans les bras de Steeve qui mesurait plus de deux mètres. La rue, les vols de bijoux me manquaient. Tous ces hommes m'ont fait perdre mon âme. Je vais mourir sans connaître l'amour. J'ai retenu les leçons de tante Madeleine, une vieille maquerelle qui n'a jamais été aimée. Elle est morte dans son lit blanc, après avoir toussé du sang qui coulait de sa bouche comme de la cendre. Je ne veux pas finir comme elle. Je préfère retourner à la rue. Je n'ai plus peur des garçons qui me sifflaient autrefois ou me couvraient d'injures. Je ne crains pas la violence. J'ai appris la boxe en Angleterre, je peux me défendre.

Je devrais dépenser tout cet argent dont je ne sais quoi faire. Je laisserai tout à Ben, mais cela ne l'intéresse nullement. Je regarde Steeve allongé, ce corps splendide qui ne m'attire plus. Je ne ressens rien. Je voudrais voir des cerfs-volants, des pluies moites sous lesquelles j'adorerais danser nue, la proue d'un bateau où j'aimerais m'allonger, bercée par l'eau bleue, un ceviche gorgé de citron, entendre un air de *Lakmé*, sentir la soie glisser sur mon corps. Je rentre. J'abandonne Steeve à l'aéroport. Son regard transi m'exaspère. Je dépose sans bruit mes valises dans l'entrée de Madeleine. C'est chez moi maintenant. J'appelle un taxi et je retourne dans la rue. Je ne la reconnais pas. Les immeubles ont été repeints. Les gens marchent normalement. Plus personne ne se bat. Je m'affole. Un tour de magie et je glisse le portefeuille dans mon sac à main. Un autre, et le collier rejoint le portefeuille. Je m'amuse. Je rajeunis. Je regarde le ciel bleu, museau en l'air, et je me cogne contre quelqu'un. J'ouvre grand mes yeux, je reconnais Pierre. Moins de cheveux, le regard toujours aussi bleu. Il me dit que je suis belle. Je manque de m'évanouir. Le décalage horaire sûrement. « Viens », ajoute-t-il. J'ai toujours pensé que les hommes devaient me suivre, et pas le contraire. Au diable les principes, qu'ils rejoignent mon père. Je suis encore une fleur gonflée d'eau. Je sens comme un parfum citronné dans l'air, la douceur de deux peaux l'une contre l'autre, je suis Pierre. Il se retourne souvent, me sourit et me répète sans cesse que je suis belle. Son appartement est une bonbonnière. De vieux meubles sentent la cire, des têtes de chevreuil ou de zèbre surgissent des murs constellés de tableaux de chasse ou de nymphes alanguies. Le sol est recouvert de tapis persans superposés. Pierre m'indique le sofa et revient avec deux coupes et un seau à champagne. Je n'y tremperai pas mes lèvres. Les mains de Pierre enserrent mon visage, je me noie un instant dans le bleu de ses yeux. Je suis aux Bahamas, allongée sur un transat. Sa bouche m'attrape, sa langue me purifie. Je sens une brise légère, des feuilles de palmier s'agitent au-dessus de moi. Ses mains parcourent mon corps et défont le moindre bouton. Son pouce, dans mon dos, fait sauter le soutien-gorge. J'ouvre les yeux. Je suis nue, étendue sur le sofa. Pierre est en moi et oscille lentement. Je vois des papillons jaunes sortir de sa bouche. Les zèbres et les chevreuils se détachent du mur et s'assoupissent près du sofa. Je prends feu de l'intérieur, mon corps est sur le point d'imploser. Je supplie Pierre de me dire que je suis belle. Il me le murmure une centaine de fois à l'oreille. Je regarde le balancier de l'horloge dans le salon. Le corps de Pierre épouse le même rythme. Je me dis que le temps va s'arrêter, que je ne vieillirai jamais. Je resterai à jamais cette fleur gonflée de rosée, pétales effeuillés entre ses doigts experts. Autour de moi, les tableaux s'animent. Je reconnais Miró et Picasso. Les courbes s'accentuent, les couleurs se diluent. Je suis le volcan d'Hawaï, la montagne qui cède le terrain à la cendre, la colonie de grimpeurs sur la crête qui s'apprêtent à découvrir mes bouches, pareilles à celle du cratère, je suis le feu qui en jaillit. Je suis amoureuse.

NOTE DE L'AUTEUR

La vie est faite de rencontres surprenantes. Plusieurs d'entre elles ont déterminé ce livre comme un échiquier du destin où toutes les pièces sont étonnamment liées. Il est question de littérature avec Monica Sabolo et d'un engouement pour *Summer*. L'envie d'en parler comme je respire. D'échanger un film danois sur clé USB, à regarder entre deux Salons du livre. Il est question de photographie avec Didier Gaillard-Hohlweg et d'un regard sur son travail lumineux et sombre, semblable à l'humanité, des images qui racontent toute la solitude et la beauté du monde. Des paysages aux couleurs incendiées qui m'ont inspiré *Le fleuve des oiseaux peints*, une nouvelle construite autour de ses photographies faites en Uruguay, à Colonia, où un frère et une sœur se retrouvent après dix ans de séparation. Pour les liens de sang, justement, je remercie ma sœur, courageuse dans son combat, et ces visites hebdomadaires dans les couloirs sans fin des hôpitaux qui m'ont donné aussi l'envie d'écrire sur nos fêlures. Colline Poirée-Faure et son inventivité permanente dans ces restaurants du 6e où le velours flirte avec le bois cerisé. Une fée qui s'est penchée par-dessus mon épaule et m'offre ce livre unique. Sans oublier mes déjeuners avec Janine Boissard, son délicieux poulet, et sa lecture attentive de chaque nouvelle. Mais rien de tout cela n'aurait eu raison d'exister sans ma colonne vertébrale, Laurent, mon mari. Dix-huit ans déjà où nous avons traversé les tempêtes, comme ces chats qui retombent toujours sur leurs pattes. Et si nous résistons, c'est que tout simplement nous nous aimons. La vie est faite de rencontres surprenantes. Toutes contribuent à faire trembler les murs de la fondation et offrir des textes semblables au monochrome, à la saturation des couleurs, comme un appel vibrant où les émotions n'ont plus d'artifices. Elles sont nues. Elles sont vraies. Elles me parlent. Elles nous parlent. *Danser dans les rues* est un conseil que je vous donne.

12919

Composition
PCA

Achevé d'imprimer en Espagne
par BLACKPRINT
le 27 décembre 2020.

Dépôt légal : décembre 2020.
EAN 9782290230374
OTP L21EPLN002823N001

Éditions J'ai lu
87, quai Panhard-et-Levassor, 75013 Paris

Diffusion France et étranger : Flammarion